お仕事さくいん

宇宙や乗りものに
かかわるお仕事

はじめに

皆さんは、世の中にどんなお仕事があるか知っていますか？

また、すでにやりたいお仕事が決まっている方もいるかもしれませんね。

この本では、宇宙や乗りものに関連する仕事を幅広く集めてそのお仕事の説明や、どのようなお仕事なのかについて知ることができる本を紹介しています。

タイトルにある「さくいん」とは、知りたいものを探すための入り口のことです。

本のリストから、興味のあるものや、図書館で見つけたものを選んで、「なりたい」仕事を考えるヒントにしてください。

皆さんがこの本を通じて、さまざまな仕事の世界に触れ、未来への第一歩を踏み出すお手伝いができることを願っています。

DBジャパン編集部

この本の使い方

宇宙・乗りものに関するお仕事や
知識の名前です。

自動車整備士

私たちが安心して車を使えるように、車が安全に走るための点検や
修理をする仕事です。エンジンやブレーキ、タイヤ、ライトなど、車の
いろいろな部分を細かくチェックして、異常がないか確認します。もし
部品が古くなっていたり、壊れていたりすれば、新しい部品に交換しま
す。また、「車検」という定期的な点検も行い、車が法律で定められた
基準を満たしているかを確かめます。

▶ お仕事について詳しく知るには

「新13歳のハローワーク」 村上龍著;はまのゆか絵 幻冬舎 2010年3月【学習支援本】

「ファッション建築ITのしごと；人気の職業早わかり!」 PHP研究所編 PHP研究所 2011
年2月【学習支援本】

「自動車整備士になるには―なるにはBOOKS；25」 広田民郎著 ぺりかん社 2015年8月
【学習支援本】

「職場体験完全ガイド 49」 ポプラ社編集 ポプラ社 2016年4月【学習支援本】

「調べてまとめる!仕事のくふう 5」 岡田博元監修 ポプラ社 2020年4月【学習支援本】

▶ お仕事の様子をお話で読むには

「みんなをのせてバスのうんてんしさん―講談社の創作絵本,よみきかせお仕事えほん」 山
本省三 作;はせがわかこ 絵 講談社 2013年6月【絵本】

30

お仕事のことや、知識、
場所についての説明です。

そのお仕事について書か
れた本に、どのようなもの
があるのかを紹介してい
ます。

そのお仕事の様子が物語
で読める本に、どのような
ものがあるのかを紹介し
ています。

本の情報の見方です。
「本の名前/書いた人や作った人の名前/出版社/出版された年月【本の種類)】」

この本は、宇宙・乗りものに関する主なお仕事を紹介していますが、
全部の種類のお仕事が入っているわけではありません。また、本のリス
トもすべてのお仕事に入っているわけではありません。

目次

1 陸の乗りものにかかわる仕事

電車、新幹線の運転士 —————————————— 10

電車、新幹線の車掌 —————————————— 13

新幹線パーサー —————————————————— 14

駅員 ——————————————————————— 15

タクシー運転手 ————————————————— 17

テストドライバー ———————————————— 18

トラックドライバー ———————————————— 19

レーシングドライバー ——————————————— 20

バス運転士 —————————————————— 21

バスガイド —————————————————— 23

車夫 ——————————————————————— 25

バイク便、自転車便のライダー ——————————— 25

重機オペレーター ———————————————— 26

鉄道運行管理者 ————————————————— 27

鉄道車両整備士 ————————————————— 28

保線技術員 —————————————————— 29

自動車整備士 —————————————————— 30

鉄道エンジニア ————————————————— 31

自動車学校教官 ———————————————— 31

カーエンジニア ———————————————— 32

自転車整備士 ———————————————— 33

自動車販売員 ———————————————— 33

自動車製造業 ———————————————— 34

鉄道車両製造業 ———————————————— 37

ハイウェイパトロール ———————————————— 38

バス会社 ———————————————— 38

鉄道会社 ———————————————— 39

2 空、海の乗りものにかかわる仕事

客室乗務員 ———————————————— 42

パイロット ———————————————— 44

ディスパッチャー ———————————————— 48

航空管制官 ———————————————— 49

グランドハンドリングスタッフ ———————————————— 50

航空整備士 ———————————————— 51

入国審査官 ———————————————— 52

税関職員 ———————————————— 53

グランドスタッフ ———————————————— 54

船長、船員 ———————————————— 55

水先人、水先案内人 —————————— 56

航海士 ————————————————— 57

潜水士 ————————————————— 58

船舶機器整備士 —————————————— 59

航空エンジニア ——————————————— 59

航空輸送 ——————————————————— 60

海上輸送 ——————————————————— 61

航空機製造業 ———————————————— 61

造船業 ————————————————— 62

航空業 ————————————————— 63

3 宇宙にかかわる仕事

宇宙飛行士 ———————————————— 66

運用管制官 ———————————————— 70

スペースガード ——————————————— 70

気象予報士、気象予報官 ———————————— 71

天文学者 ——————————————————— 73

宇宙物理学者 ———————————————— 74

ロケット開発者 ——————————————— 75

天文台 ———————————————————— 76

プラネタリウム ——————————————— 77

4 乗りものや宇宙にかかわる知識

交通システム ———————————————————— 82

宇宙生物学 ———————————————————— 83

気象学 ———————————————————————— 84

無線技術 ———————————————————————— 85

宇宙開発 ———————————————————————— 86

宇宙ステーション、宇宙船 ————————————— 90

船舶免許 ———————————————————————— 96

人工衛星 ———————————————————————— 97

1

陸の乗りものに
かかわる仕事

電車、新幹線の運転士

電車の乗客を安全に目的地まで運ぶ仕事で、交通の流れを支える大切な役割を担っています。電車の運転士は、出発から到着まで電車の速度や停車位置を正確にコントロールし、乗客が安心して乗れるように細心の注意を払います。また、無事故で運行するためのプロフェッショナルで、異常を感じたときにはすぐに対応します。新幹線の運転士には、さらに高度な技術と知識が求められ、安全を最優先に考えながら時速200キロメートル以上のスピードで運転します。

▶お仕事について詳しく知るには

「駅で働く人たち：しごとの現場としくみがわかる!―しごと場見学!」 浅野恵子著　ぺりかん社　2010年1月【学習支援本】

「ぼくは少年鉄道員―たくさんのふしぎ傑作集」 西森聡写真・文　福音館書店　2010年2月【学習支援本】

「大きな運転席図鑑：きょうからぼくは運転手―大きなたいけん図鑑シリーズ」 元浦年康写真　学研教育出版　2010年9月【学習支援本】

「料理旅行スポーツのしごと：人気の職業早わかり!」 PHP研究所編　PHP研究所　2010年10月【学習支援本】

「西日本の電車おもしろ百科―きらり!好奇心」 学研パブリッシング　2010年12月【学習支援本】

「新幹線ものしり百科―きらり!好奇心」 学研パブリッシング　2011年3月【学習支援本】

「のりたいな!新幹線：すべての新幹線大集合!―のりもの写真えほん；4」 柏原治監修　成美堂出版　2011年10月【学習支援本】

「職場体験完全ガイド 29」 江藤純文　ポプラ社　2012年3月【学習支援本】

「あこがれお仕事いっぱい!せいふく図鑑：大きくなったらどれ着たい?」 勝倉崚太写真　学研教育出版　2012年4月【学習支援本】

「おしごと制服図鑑：制服をみれば仕事のひみつがわかる!」 講談社編　講談社　2012年9月【学習支援本】

「日本一周!鉄道大百科：国内全路線図付き」　山﨑友也監修　成美堂出版　2012年11月【学習支援本】

「社会科見学に役立つわたしたちのくらしとまちのしごと場 3」　ニシ工芸児童教育研究所編　金の星社　2013年3月【学習支援本】

「仕事発見!生きること働くことを考える ＝ Think about Life & Work」　毎日新聞社 著　毎日新聞社　2013年5月【学習支援本】

「東京メトロ大都会をめぐる地下鉄—このプロジェクトを追え!」　深光富士男文　佼成出版社　2013年10月【学習支援本】

「いちばんでんしゃのうんてんし」　たけむらせんじぶん；おおともやすおえ　福音館書店　2013年11月【学習支援本】

「仕事を選ぶ：先輩が語る働く現場64—朝日中学生ウイークリーの本」　朝日中学生ウイークリー編集部編著　朝日学生新聞社　2014年3月【学習支援本】

「新幹線大百科：決定版 第4巻 (新幹線ではたらく人びと)」　坂正博監修　岩崎書店　2015年1月【学習支援本】

「鉄道—講談社の動く図鑑MOVE」　山﨑友也監修　講談社　2015年6月【学習支援本】

「鉄道員になるには—なるにはBOOKS；26」　土屋武之著　ぺりかん社　2015年11月【学習支援本】

「鉄道なぜなにブック—ぷち鉄ブックス」　渡部史絵監修・文　交通新聞社　2016年3月【学習支援本】

「鉄道ものしりスーパー地図帳 最強完全版—最強のりものヒーローズブックス」　最強のりものヒーローズ編集部編集　学研プラス　2016年7月【学習支援本】

「鉄道の仕事まるごとガイド—ぷち鉄ブックス」　村上悠太写真・文　交通新聞社　2017年2月【学習支援本】

「新幹線大集合!スーパー大百科」　山﨑友也監修　成美堂出版　2017年7月【学習支援本】

「ときめきハッピーおしごと事典スペシャル—キラかわ★ガール」　おしごとガール研究会著　ナツメ社　2017年12月【学習支援本】

「ポプラディアプラス仕事・職業 ＝ POPLAR ENCYCLOPEDIA PLUS Career Guide 1」　藤田晃之監修　ポプラ社　2018年4月【学習支援本】

「見る!乗る!撮る!親子で楽しむ鉄道体験大百科」　講談社編;山﨑友也監修　講談社（講談社のアルバムシリーズ. のりものアルバム〈新〉）　2018年4月【学習支援本】

「未来のお仕事入門 ＝ MANGA FUTURE CAREER PRIMER」　東園子まんが　学研プラス（学研まんが入門シリーズミニ）　2018年8月【学習支援本】

「大人になったらしたい仕事：「好き」を仕事にした35人の先輩たち 2」　朝日中高生新聞編集部編著　朝日学生新聞社　2018年10月【学習支援本】

「夢をそだてるみんなの仕事300：野球選手/花屋 サッカー選手 医師/警察官 研究者/消防士 パティシエ 新幹線運転士 パイロット 美容師/モデル ユーチューバー アニメ監督 宇宙飛行士ほか 決定版」　講談社編　講談社　2018年11月【学習支援本】

「キャリア教育支援ガイドお仕事ナビ 18」 お仕事ナビ編集室著 理論社 2018年12月【学習支援本】

「密着!お仕事24時 4」 高山リョウ構成・文 岩崎書店 2019年2月【学習支援本】

「さがしてみよう!鉄道のおしごと」 ヤマグチアキラ作・絵 朝日新聞出版 2019年4月【学習支援本】

「鉄道 新訂版」 山﨑友也監修 講談社(講談社の動く図鑑MOVE) 2019年11月【学習支援本】

「鉄道のひみつ図鑑」 スタジオタッククリエイティブ編集 スタジオタッククリエイティブ 2019年12月【学習支援本】

「みんなが知りたい!鉄道のすべて:この一冊でしっかりわかる—まなぶっく」 「鉄道のすべて」編集室著 メイツユニバーサルコンテンツ 2020年3月【学習支援本】

「キャリア教育に活きる!仕事ファイル:センパイに聞く 22」 小峰書店編集部編著 小峰書店 2020年4月【学習支援本】

「はこぶ仕事のひみつ図鑑」 スタジオタッククリエイティブ著・編集 スタジオタッククリエイティブ 2020年7月【学習支援本】

「日本全国新幹線に乗ろう!:日本全国の新幹線が大集合! 2版—まっぷるキッズ」 昭文社旅行ガイドブック編集部編集 昭文社 2021年10月【学習支援本】

「でんしゃ:おおきなしゃしんでよくわかる!—はじめてのずかん」 山﨑友也監修 高橋書店 2021年11月【学習支援本】

▶ お仕事の様子をお話で読むには

「うみまち鉄道運行記:サンミア市のやさしい鉄道員たち」 伊佐良紫築著 KADOKAWA(富士見L文庫) 2021年4月【ライトノベル・ライト文芸】

電車、新幹線の車掌

乗客が安心して乗れるようにサポートする仕事で、電車の安全と快適な旅を支える重要な存在です。車掌は、「ドアの開閉」や「発車ベル」を操作し、列車が安全に運行できるように見守ります。また、次の駅を案内したり、困っている乗客を手助けしたり、緊急時に乗客を守るための対応をしたりします。新幹線では特に、安全確認や設備のチェックが求められ、たくさんの乗客が安心して旅行を楽しめるようにしています。

▶ お仕事について詳しく知るには

「駅で働く人たち：しごとの現場としくみがわかる!―しごと場見学!」　浅野恵子著　ぺりかん社　2010年1月【学習支援本】

「西日本の電車おもしろ百科―きらり!好奇心　学研パブリッシング　2010年12月【学習支援本】

「いちばんでんしゃのしゃしょうさん」　たけむらせんじぶん;おおともやすおえ　福音館書店　2011年6月【学習支援本】

「日本一周!鉄道大百科：国内全路線図付き」　山﨑友也監修　成美堂出版　2012年11月【学習支援本】

「社会科見学に役立つわたしたちのくらしとまちのしごと場 3」　ニシ工芸児童教育研究所編　金の星社　2013年3月【学習支援本】

「東京メトロ大都会をめぐる地下鉄―このプロジェクトを追え!」　深光富士男文　佼成出版社　2013年10月【学習支援本】

「新幹線まるごと大集合：本とDVDで新幹線のすべてがわかる!―のりものDVDブック」　藤原浩文;持田昭俊写真　JTBパブリッシング　2015年11月【学習支援本】

「鉄道員になるには―なるにはBOOKS；26」　土屋武之著　ぺりかん社　2015年11月【学習支援本】

「鉄道の仕事まるごとガイド―ぷち鉄ブックス」　村上悠太写真・文　交通新聞社　2017年2月【学習支援本】

「密着!お仕事24時 4」　高山リョウ構成・文　岩崎書店　2019年2月【学習支援本】

「さがしてみよう!鉄道のおしごと」 ヤマグチアキラ作・絵　朝日新聞出版　2019年4月【学習支援本】

「はこぶ仕事のひみつ図鑑」 スタジオタッククリエイティブ著・編集　スタジオタッククリエイティブ　2020年7月【学習支援本】

「でんしゃ：おおきなしゃしんでよくわかる!ーはじめてのずかん」 山﨑友也監修　高橋書店　2021年11月【学習支援本】

▶ お仕事の様子をお話で読むには

「うみまち鉄道運行記：サンミア市のやさしい鉄道員たち」 伊佐良紫築著　KADOKAWA（富士見L文庫）　2021年4月【ライトノベル・ライト文芸】

新幹線パーサー

新幹線の乗客にサービスを提供する仕事で、乗客の快適な旅行と安心を支える大切な存在です。車内を回りながら、飲みものやお菓子、お弁当などを販売し、乗客が楽しい時間を過ごせるようサポートします。また、質問があれば答えたり、困っている人を助けたりするのも大切な役割です。さらに、新幹線が安全に運行されているか確認し、緊急時には適切に対応できるよう準備もしています。

▶ お仕事について詳しく知るには

「新幹線大百科：決定版 第4巻 (新幹線ではたらく人びと)」 坂正博監修　岩崎書店　2015年1月【学習支援本】

「鉄道員になるにはーなるにはBOOKS；26」 土屋武之著　ぺりかん社　2015年11月【学習支援本】

「未来のお仕事入門 = MANGA FUTURE CAREER PRIMER」 東園子まんが　学研プラス（学研まんが入門シリーズミニ）　2018年8月【学習支援本】

「でんしゃ：おおきなしゃしんでよくわかる!ーはじめてのずかん」 山﨑友也監修　高橋書店　2021年11月【学習支援本】

駅員

駅を利用する乗客が、安全に移動できるように
サポートする仕事で、駅での安全と安心を支え
る大切な存在です。改札口で切符を確認したり、
わからないことを聞かれたときに案内をしたりし
て、迷わないようにお手伝いします。また、駅の
ホームでは、乗客が安全に乗り降りできるように
見守り、非常時には素早く対応できるように準備
しています。さらに、忘れ物の管理や、電車の
時刻の案内も行い、たくさんの人が安心して駅を
利用できるよう働いています。

▶お仕事について詳しく知るには

「駅で働く人たち：しごとの現場としくみがわかる!―しごと場見学!」 浅野恵子著　ぺりかん社　2010年1月【学習支援本】

「感動する仕事!泣ける仕事!：お仕事熱血ストーリー1（チャンスはこの手でつかめ）」 学研教育出版　2010年2月【学習支援本】

「社会科見学に役立つわたしたちのくらしとまちのしごと場 3」 ニシ工芸児童教育研究所編　金の星社　2013年3月【学習支援本】

「東京メトロ大都会をめぐる地下鉄―このプロジェクトを追え!」 深光富士男文　佼成出版社　2013年10月【学習支援本】

「鉄道員になるには―なるにはBOOKS；26」 土屋武之著　ぺりかん社　2015年11月【学習支援本】

「ねこの駅長たま：びんぼう電車をすくったねこ」 小嶋光信作;永地挿絵　KADOKAWA（角川つばさ文庫）　2016年7月【学習支援本】

「鉄道の仕事まるごとガイド―ぷち鉄ブックス」 村上悠太写真・文　交通新聞社　2017年2月【学習支援本】

「探検!世界の駅：くらしと文化が見えてくる―楽しい調べ学習シリーズ」 谷川一巳監修　PHP研究所　2017年12月【学習支援本】

「見る!乗る!撮る!親子で楽しむ鉄道体験大百科」 講談社編;山﨑友也監修　講談社（講談社のアルバムシリーズ. のりものアルバム〈新〉） 2018年4月【学習支援本】

「職場体験完全ガイド 58」 ポプラ社 2018年4月【学習支援本】

「キャリア教育支援ガイドお仕事ナビ 18」 お仕事ナビ編集室著 理論社 2018年12月【学習支援本】

「密着!お仕事24時 4」 高山リョウ構成・文 岩崎書店 2019年2月【学習支援本】

「名人はっけん!まちたんけん 3」 鎌田和宏監修 学研プラス 2019年2月【学習支援本】

「鉄道会社で行こう!:電車で行こう!スペシャル版!!」 豊田巧作;裕龍ながれ絵 集英社(集英社みらい文庫) 2019年3月【学習支援本】

「さがしてみよう!鉄道のおしごと」 ヤマグチアキラ作・絵 朝日新聞出版 2019年4月【学習支援本】

「鉄道のひみつ図鑑」 スタジオタッククリエイティブ編集 スタジオタッククリエイティブ 2019年12月【学習支援本】

「はこぶ仕事のひみつ図鑑」 スタジオタッククリエイティブ著・編集 スタジオタッククリエイティブ 2020年7月【学習支援本】

「でんしゃ:おおきなしゃしんでよくわかる!―はじめてのずかん」 山﨑友也監修 高橋書店 2021年11月【学習支援本】

▶ お仕事の様子をお話で読むには

「うみやまてつどうさいしゅうでんしゃのふしぎなおきゃくさん 第2版―おはなしチャイルドリクエストシリーズ」 間瀬なおかたさく・え チャイルド本社 2021年10月【絵本】

「ゆめみの駅遺失物係」 安東みきえ著 ポプラ社 2014年12月【児童文学】

「なくし物をお探しの方は二番線へ:鉄道員・夏目壮太の奮闘」 二宮敦人著 幻冬舎(幻冬舎文庫) 2021年4月【ライトノベル・ライト文芸】

「一番線に謎が到着します:若き鉄道員・夏目壮太の日常」 二宮敦人著 幻冬舎(幻冬舎文庫) 2021年4月【ライトノベル・ライト文芸】

「終電の神様 [3]」 阿川大樹著 実業之日本社(実業之日本社文庫) 2021年4月【ライトノベル・ライト文芸】

「心の落としもの、お預かりしています:こはるの駅遺失物係のにぎやかな日常」 行田尚希著 KADOKAWA(メディアワークス文庫) 2021年4月【ライトノベル・ライト文芸】

「早房希美の謎解き急行」 山本巧次著 双葉社(双葉文庫) 2021年4月【ライトノベル・ライト文芸】

タクシー運転手

お客様を車に乗せて、目的地まで安全で快適に運ぶ仕事です。お客様が乗ったら、行きたい場所を聞いて最適なルートを選び、乗り心地を大切にしながら、急なブレーキやスピードの出しすぎに注意してスムーズに運転します。また、道をしっかり覚え、交通ルールを守り、乗客が安心して移動できるよう心がけます。時には観光案内をすることもあり、街を知り尽くしているプロフェッショナルとして、人々の移動を支えています。

▶ お仕事について詳しく知るには

「東日本大震災伝えなければならない100の物語 第3巻 (生きることを、生きるために)」 学研教育出版著　学研教育出版　2013年2月【学習支援本】

「社会科見学に役立つわたしたちのくらしとまちのしごと場 3」 ニシエ芸児童教育研究所編 金の星社　2013年3月【学習支援本】

「職場体験完全ガイド 39」 八色祐次　ポプラ社　2014年4月【学習支援本】

「さがしてみよう!まちのしごと 1 (交通のしごと)」 饗庭伸監修　小峰書店　2015年4月【学習支援本】

「ときめきハッピーおしごと事典スペシャル―キラかわ★ガール」 おしごとガール研究会著　ナツメ社　2017年12月【学習支援本】

「未来のお仕事入門 = MANGA FUTURE CAREER PRIMER」 東園子まんが　学研プラス (学研まんが入門シリーズミニ)　2018年8月【学習支援本】

「夢をそだてるみんなの仕事300 : 野球選手/花屋 サッカー選手 医師/警察官 研究者/消防士 パティシエ 新幹線運転士 パイロット 美容師/モデル ユーチューバー アニメ監督 宇宙飛行士ほか 決定版」 講談社編　講談社　2018年11月【学習支援本】

「キャリア教育に活きる!仕事ファイル : センパイに聞く 16」 小峰書店編集部編著　小峰書店　2019年4月【学習支援本】

▶ お仕事の様子をお話で読むには

「ねこタクシー : 御子神さんがやってきた!」 山田佳子作;加藤アカツキ絵　集英社(集英社

みらい文庫） 2011年8月【児童文学】

「名前を見てちょうだい・白いぼうし―はじめてよむ日本の名作絵どうわ；6」 あまんきみこ作;阪口笑子絵;宮川健郎編 岩崎書店 2016年2月【児童文学】

「病院裏の葬り塚―怪談5分間の恐怖」 中村まさみ著 金の星社 2017年3月【児童文学】

「霊―文豪ノ怪談ジュニア・セレクション」 星新一著;室生犀星ほか著;金井田英津子絵 汐文社 2017年3月【児童文学】

「5分後に超ハッピーエンド―5分シリーズ」 エブリスタ編 河出書房新社 2019年10月【児童文学】

「シェフでいこうぜ!」 上條さなえ作;磯崎主圭絵 国土社 2021年7月【児童文学】

テストドライバー

新しく作られた車がきちんと安全に走るかどうかを実際に運転してチェックする仕事です。自動車メーカーやタイヤメーカーの人たちと協力し、車の速さやブレーキの利き方、雨の日やカーブでの安定感など、いろいろな場面での性能を試します。テストドライバーは運転技術がとても高く、車の安全性や快適さを向上させるために詳しいレポートを作っています。このおかげで、私たちは安心して車に乗れるのです。

▶お仕事について詳しく知るには

「新13歳のハローワーク」 村上龍著;はまのゆか絵 幻冬舎 2010年3月【学習支援本】

「NHKプロフェッショナル仕事の流儀 5」 NHK「プロフェッショナル」制作班編 ポプラ社 2018年4月【学習支援本】

トラックドライバー

荷物を安全に目的地まで運ぶ仕事で、私たちの生活に必要なものを届ける、とても重要な役割を担っています。毎日、さまざまな荷物を積んで、指定された場所まで運転します。荷物を大切に運ぶために、急ブレーキや急カーブを避けて慎重に運転し、時間どおりに届けることを心がけています。また、長距離の運転をすることも多く、道路のルールや運転マナーを守りながら、安全運転を意識しています。

▶ お仕事について詳しく知るには

「社会科見学に役立つわたしたちのくらしとまちのしごと場 3」 ニシエ芸児童教育研究所編 金の星社 2013年3月【学習支援本】

「夢をかなえる職業ガイド：あこがれの仕事を調べよう!—楽しい調べ学習シリーズ」 PHP研究所編 PHP研究所 2015年8月【学習支援本】

「職場体験完全ガイド 52」 ポプラ社編集 ポプラ社 2017年4月【学習支援本】

「ときめきハッピーおしごと事典スペシャル—キラかわ★ガール」 おしごとガール研究会著 ナツメ社 2017年12月【学習支援本】

「未来のお仕事入門 = MANGA FUTURE CAREER PRIMER」 東園子まんが 学研プラス（学研まんが入門シリーズミニ） 2018年8月【学習支援本】

「夢をそだてるみんなの仕事300：野球選手/花屋 サッカー選手 医師/警察官 研究者/消防士 パティシエ 新幹線運転士 パイロット 美容師/モデル ユーチューバー アニメ監督 宇宙飛行士ほか 決定版」 講談社編 講談社 2018年11月【学習支援本】

「調べてまとめる!仕事のくふう 5」 岡田博元監修 ポプラ社 2020年4月【学習支援本】

レーシングドライバー

「サーキット」と呼ばれるコースで、特別なレース用の車を運転して、他のドライバーと順位を競う仕事です。速く安全に走るためには高い運転技術が必要で、車の操作を正確に行い、急なカーブやスピードのコントロールを完璧にこなしながら、少しのミスもなくゴールを目指します。また、車の調整やレースの戦略についてチームメイトと協力し、最高の結果を出せるよう努力しています。この仕事には、体力や集中力も大切で、たくさんの練習と経験が必要です。

▶ お仕事について詳しく知るには

「職場体験完全ガイド 29」 江藤純文 ポプラ社 2012年3月【学習支援本】

▶ お仕事の様子をお話で読むには

「カーズ2」 斎藤妙子構成・文 講談社(ディズニーブックス) 2011年7月【児童文学】

「カーズ2―ディズニーアニメ小説版；88」 アイリーン・トリンブル作;橘高弓枝訳 偕成社 2011年8月【児童文学】

「プレーンズ―ディズニーアニメ小説版；99」 アイリーン・トリンブル作;倉田真木訳 偕成社 2013年12月【児童文学】

「カーズ：最速の車、ライトニング！」 リー・ステファンズ文;ミシェル・ポプロフ文;フランク・ベリオス文;エイミー・エドガー文;リサ・マルソリ文;クリスティー・ウェブスター文;増井彩乃訳 KADOKAWA 2017年7月【児童文学】

「カーズ クロスロード―ディズニーアニメ小説版；114」 スーザン・フランシス作;しぶやまさこ訳 偕成社 2017年7月【児童文学】

「カーズ/クロスロード」 KADOKAWA(角川アニメ絵本) 2017年8月【児童文学】

「めざせ！チャンピオン：ライトニング・マックィーン/ジャクソン・ストーム」 デーブ・キーン文;おおつかのりこ訳 講談社(講談社KK文庫) 2017年12月【児童文学】

「シュガー・ラッシュ:オンライン―ディズニーアニメ小説版；119」 スーザン・フランシス作;橘高弓枝訳 偕成社 2019年1月【児童文学】

バス運転士

バスの乗客を安全に目的地まで運ぶ仕事で、地域の人々の生活に欠かせない大切な役割を果たしています。バスのルートや停車場所をしっかり覚え、乗客が決まった時間に乗り降りできるよう運転します。車内で、乗客が安心して座れるように、スピードを調整し、急ブレーキをかけないよう注意します。また、高齢の方や小さな子どもも安心して乗れるよう、乗り降りのサポートをすることもあります。

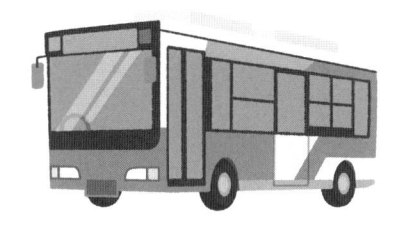

▶ お仕事について詳しく知るには

「大きな運転席図鑑：きょうからぼくは運転手―大きなたいけん図鑑シリーズ」 元浦年康写真　学研教育出版　2010年9月【学習支援本】

「職場体験完全ガイド 29」 江藤純文　ポプラ社　2012年3月【学習支援本】

「さがしてみよう!まちのしごと 1 (交通のしごと)」 饗庭伸監修　小峰書店　2015年4月【学習支援本】

「ときめきハッピーおしごと事典スペシャル―キラかわ★ガール」 おしごとガール研究会著　ナツメ社　2017年12月【学習支援本】

「ポプラディアプラス仕事・職業 = POPLAR ENCYCLOPEDIA PLUS Career Guide 1」 藤田晃之監修　ポプラ社　2018年4月【学習支援本】

「未来のお仕事入門 = MANGA FUTURE CAREER PRIMER」 東園子まんが　学研プラス (学研まんが入門シリーズミニ)　2018年8月【学習支援本】

「夢をそだてるみんなの仕事300：野球選手/花屋 サッカー選手 医師/警察官 研究者/消防士 パティシエ 新幹線運転士 パイロット 美容師/モデル ユーチューバー アニメ監督 宇宙飛行士ほか 決定版」 講談社編　講談社　2018年11月【学習支援本】

「調べてまとめる!仕事のくふう 5」 岡田博元監修　ポプラ社　2020年4月【学習支援本】

「おしえて!ジャンボくん新型コロナウイルス 3」 上田勢子訳;呉本慶子日本語版監修　子どもの未来社　2020年9月【学習支援本】

▶お仕事の様子をお話で読むには

「ボンちゃんバス」　ひらのてつお作・絵　ひさかたチャイルド　2011年9月【絵本】

「ごじょうしゃありがとうございます―ポプラ社の絵本；11」　シゲリカツヒコ作　ポプラ社　2012年8月【絵本】

「つぎ、とまります―福音館の幼児絵本. 幼児絵本シリーズ」　村田エミコ 作　福音館書店　2013年2月【絵本】

「みんなをのせてバスのうんてんしさん―講談社の創作絵本. よみきかせお仕事えほん」　山本省三 作;はせがわかこ 絵　講談社　2013年6月【絵本】

「のせてのせて100かいだてのバス―ポプラせかいの絵本；36」　マイク・スミス 作;ふしみみさを 訳　ポプラ社　2013年7月【絵本】

「おおやまさん―えほんのぼうけん；57」　川之上英子さく・え; 川之上健 さく・え　岩崎書店　2013年9月【絵本】

「ライオンはそよかぜのなかで 第2版―おはなしチャイルドリクエストシリーズ；2014・7」　よしざわけいこさく・え　チャイルド本社　2014年7月【絵本】

「ロールパンバス」　モカ子さく・え　教育画劇　2015年7月【絵本】

「路線バスしゅっぱつ!―ランドセルブックス. のりものとはたらく人」　鎌田歩作　福音館書店　2016年4月【絵本】

「バスのうんてんしゅのエレフさん―講談社の創作絵本」　中川ひろたか作;市原淳絵　講談社　2016年11月【絵本】

「ぶきゃぶきゃぶー」　内田麟太郎文;竹内通雅絵　絵本館　2017年1月【絵本】

「じごくバス―ポプラ社の絵本；72」　有田奈央作;安楽雅志絵　ポプラ社　2020年6月【絵本】

「ぼくのバス」　バイロン・バートン作・絵;いとうひろし訳　徳間書店　2021年5月【絵本】

「コツコツバス」　みつきれいこぶん;鴨下潤え　文芸社　2021年6月【絵本】

「ローズの小さな図書館」　キンバリー・ウィリス・ホルト作;谷口由美子訳　徳間書店　2013年7月【児童文学】

「ルゥルゥおはなしして」　たかどのほうこ作・絵　岩波書店　2014年11月【児童文学】

「パイパーさんのバス」　エリナー・クライマー作;クルト・ヴィーゼ絵;小宮由訳　徳間書店　2018年2月【児童文学】

「ポケットのなかの天使」　デイヴィッド・アーモンド著;山田順子訳　東京創元社　2018年2月【児童文学】

バスガイド

観光バスに乗って乗客に楽しい旅行を提供する仕事で、旅をより楽しく、思い出深いものにするために、笑顔と親切で乗客をおもてなしする、大切な役割を持っています。観光地や景色が見えると、その場所の歴史や特長をわかりやすく説明したり、バスの中で楽しめるように、クイズやゲームを用意したりすることもあります。また、乗客が安心して旅行を楽しめるように、乗り降りのサポートも行い、困っている人がいれば手助けします。

▶お仕事について詳しく知るには

「大きな運転席図鑑：きょうからぼくは運転手―大きなたいけん図鑑シリーズ」 元浦年康写真 学研教育出版 2010年9月【学習支援本】

「職場体験完全ガイド 29」 江藤純文 ポプラ社 2012年3月【学習支援本】

「さがしてみよう!まちのしごと 1 (交通のしごと)」 饗庭伸監修 小峰書店 2015年4月【学習支援本】

「ときめきハッピーおしごと事典スペシャル―キラかわ★ガール」 おしごとガール研究会著 ナツメ社 2017年12月【学習支援本】

「ポプラディアプラス仕事・職業 = POPLAR ENCYCLOPEDIA PLUS Career Guide 1」 藤田晃之監修 ポプラ社 2018年4月【学習支援本】

「未来のお仕事入門 = MANGA FUTURE CAREER PRIMER」 東園子まんが 学研プラス (学研まんが入門シリーズミニ) 2018年8月【学習支援本】

「夢をそだてるみんなの仕事300：野球選手/花屋 サッカー選手 医師/警察官 研究者/消防士 パティシエ 新幹線運転士 パイロット 美容師/モデル ユーチューバー アニメ監督 宇宙飛行士ほか 決定版」 講談社編 講談社 2018年11月【学習支援本】

「調べてまとめる!仕事のくふう 5」 岡田博元監修 ポプラ社 2020年4月【学習支援本】

「おしえて!ジャンボくん新型コロナウイルス 3」　上田勢子訳;呉本慶子日本語版監修　子どもの未来社　2020年9月【学習支援本】

▶お仕事の様子をお話で読むには

「ボンちゃんバス」　ひらのてつお作・絵　ひさかたチャイルド　2011年9月【絵本】

「ごじょうしゃありがとうございます―ポプラ社の絵本 ; 11」　シゲリカツヒコ作　ポプラ社　2012年8月【絵本】

「つぎ、とまります―福音館の幼児絵本. 幼児絵本シリーズ」　村田エミコ 作　福音館書店　2013年2月【絵本】

「みんなをのせてバスのうんてんしさん―講談社の創作絵本. よみきかせお仕事えほん」　山本省三 作;はせがわかこ 絵　講談社　2013年6月【絵本】

「のせてのせて100かいだてのバス―ポプラせかいの絵本 ; 36」　マイク・スミス 作;ふしみみさを 訳　ポプラ社　2013年7月【絵本】

「おおやまさん―えほんのぼうけん ; 57」　川之上英子さく・え; 川之上健 さく・え　岩崎書店　2013年9月【絵本】

「ライオンはそよかぜのなかで 第2版―おはなしチャイルドリクエストシリーズ ; 2014・7」　よしざわけいこさく・え　チャイルド本社　2014年7月【絵本】

「ロールパンバス」　モカ子さく・え　教育画劇　2015年7月【絵本】

「路線バスしゅっぱつ!―ランドセルブックス. のりものとはたらく人」　鎌田歩作　福音館書店　2016年4月【絵本】

「バスのうんてんしゅのエレフさん―講談社の創作絵本」　中川ひろたか作;市原淳絵　講談社　2016年11月【絵本】

「ぶきゃぶきゃぶー」　内田麟太郎文;竹内通雅絵　絵本館　2017年1月【絵本】

「じごくバス―ポプラ社の絵本 ; 72」　有田奈央作;安楽雅志絵　ポプラ社　2020年6月【絵本】

「ぼくのバス」　バイロン・バートン作・絵;いとうひろし訳　徳間書店　2021年5月【絵本】

「コツコツバス」　みつきれいこぶん;鴨下潤え　文芸社　2021年6月【絵本】

「ローズの小さな図書館」　キンバリー・ウィリス・ホルト作;谷口由美子訳　徳間書店　2013年7月【児童文学】

「ルゥルゥおはなしして」　たかどのほうこ作・絵　岩波書店　2014年11月【児童文学】

「パイパーさんのバス」　エリナー・クライマー作;クルト・ヴィーゼ絵;小宮由訳　徳間書店　2018年2月【児童文学】

「ポケットのなかの天使」　デイヴィッド・アーモンド著;山田順子訳　東京創元社　2018年2月【児童文学】

車夫

人力車と呼ばれる二輪の車を引っ張って、お客様を乗せて移動する仕事をする人のことです。人力車は昔、日本で広く使われていた交通手段の一つで、車夫が自分の力で引いて走り、観光地や特別な場所への道案内も行います。今日でも観光地で人力車に乗ることができ、車夫はお客様にその場所の歴史や見どころを教えるガイドとしても活躍しています。

▶ お仕事の様子をお話で読むには

「車夫」　いとうみく作　小峰書店（Sunnyside Books）　2015年11月【児童文学】

バイク便、自転車便のライダー

荷物を素早く安全に届ける仕事で、私たちの日常に必要なものを運ぶ、大切な役割を果たしています。例えば、書類などの小さな荷物を、会社やお店からお客様のもとに運びます。バイクや自転車を使うことで、交通の混雑を避けられて、決まった時間までに荷物を届けることができます。ライダーは道をしっかり覚え、天気や交通状況に応じてルートを工夫しながら、安全運転を心がけています。

▶ お仕事について詳しく知るには

「新13歳のハローワーク」　村上龍著;はまのゆか絵　幻冬舎　2010年3月【学習支援本】

「未来のお仕事入門 = MANGA FUTURE CAREER PRIMER」　東園子まんが　学研プラス（学研まんが入門シリーズミニ）　2018年8月【学習支援本】

重機オペレーター

大きな機械を使って工事をする仕事です。重機とは、例えば地面を掘るショベルカーや、重いものを持ち上げるクレーンのことです。重機オペレーターは、このような大きい機械を正確に操作して、建物を建てるために地面を整えたり、トンネルや道路を作る工事を手伝ったりします。重機を上手に動かすには、特別な訓練と集中力が必要です。安全に工事が進むよう、チームの一員として働いています。

▶ **お仕事について詳しく知るには**

「職場体験完全ガイド 39」　八色祐次　ポプラ社　2014年4月【学習支援本】

「ポプラディアプラス仕事・職業 = POPLAR ENCYCLOPEDIA PLUS Career Guide 1」
藤田晃之監修　ポプラ社　2018年4月【学習支援本】

「ザ・裏方：キャリア教育に役立つ! 2　フレーベル館　2019年1月【学習支援本】

鉄道運行管理者

電車が安全に時間どおりに走るように見守る、電車の「司令塔」のような役割を持つ重要な仕事です。電車の運行や駅の状況を常にチェックし、電車同士がぶつからないように、線路や信号をコントロールします。また、事故や悪天候などで電車が遅れそうなときには、迅速に対応し、できるだけスムーズに運行できるようにします。さらに、乗客に情報を伝えるために放送や案内を行い、たくさんの人が安心して電車を利用できるよう支えます。

▶ お仕事について詳しく知るには

「駅で働く人たち：しごとの現場としくみがわかる!—しごと場見学!」 浅野恵子著　ぺりかん社　2010年1月【学習支援本】

「交通の安全にかかわる仕事：航空管制官 時刻表製作者 ハイウェイパトロール隊員：マンガ—知りたい!なりたい!職業ガイド」 ヴィットインターナショナル企画室編　ほるぷ出版　2010年1月【学習支援本】

「ポプラディアプラス仕事・職業 = POPLAR ENCYCLOPEDIA PLUS Career Guide 1」 藤田晃之監修　ポプラ社　2018年4月【学習支援本】

「鉄道のひみつ図鑑」 スタジオタッククリエイティブ編集　スタジオタッククリエイティブ　2019年12月【学習支援本】

鉄道車両整備士

私たちが毎日安心して電車を利用できるように、電車が安全に走るための点検や修理をする仕事です。ブレーキがちゃんと利くか、ドアがスムーズに開閉するか、エンジンや電気系統に問題がないかなどを細かくチェックします。もし部品が古くなっていたり、壊れていたりしたら交換して、いつも最適な状態に保つようにしています。事故を防ぐために、電車の下や中までしっかり点検します。

▶お仕事について詳しく知るには

「駅で働く人たち：しごとの現場としくみがわかる!—しごと場見学!」 浅野恵子著　ぺりかん社　2010年1月【学習支援本】

「社会科見学に役立つわたしたちのくらしとまちのしごと場 3」　ニシ工芸児童教育研究所編　金の星社　2013年3月【学習支援本】

「東京メトロ大都会をめぐる地下鉄—このプロジェクトを追え!」　深光富士男文　佼成出版社　2013年10月【学習支援本】

「新幹線大百科：決定版 第4巻 (新幹線ではたらく人びと)」　坂正博監修　岩崎書店　2015年1月【学習支援本】

「見たい!知りたい!たくさんの仕事 4」　こどもくらぶ編　WAVE出版　2016年3月【学習支援本】

「鉄道の仕事まるごとガイド—ぷち鉄ブックス」　村上悠太写真・文　交通新聞社　2017年2月【学習支援本】

「ポプラディアプラス仕事・職業 = POPLAR ENCYCLOPEDIA PLUS Career Guide 1」　藤田晃之監修　ポプラ社　2018年4月【学習支援本】

「キャリア教育支援ガイドお仕事ナビ 18」　お仕事ナビ編集室著　理論社　2018年12月【学習支援本】

「鉄道のひみつ図鑑」　スタジオタッククリエイティブ編集　スタジオタッククリエイティブ　2019年12月【学習支援本】

▶ お仕事の様子をお話で読むには

「でんしゃ：おおきなしゃしんでよくわかる!─はじめてのずかん」　山﨑友也監修　高橋書店　2021年11月【学習支援本】

「トーマスのおはなしミニ絵本 4 (シマシマのゴードン)─きかんしゃトーマスとなかまたち」　ポプラ社　2014年11月【絵本】

「みんながらばー!はしれはまかぜ」　村中李衣文;しろぺこり絵　新日本出版社　2016年1月【絵本】

「トーマスとドタバタせいびこうじょう─THOMAS & FRIENDS. トーマスの新テレビえほん;3」　ウィルバート・オードリー原作　ポプラ社　2016年6月【絵本】

「もりのきでんしゃゆうきをもって」　ナカオマサトシさく;はやしともみえ　みらいパブリッシング　2020年2月【絵本】

保線技術員

電車が安全に走れるように線路を点検し、直す仕事をしています。電車の線路は長い年月の間にゆがんだり、壊れたりすることがあるため、定期的にチェックが必要です。保線技術員は、線路や周りの設備が正しく機能しているか調べ、必要があれば修理します。電車がスムーズに走り、お客様が安心して利用できるように、線路の安全を守り、交通を支えています。

▶ お仕事について詳しく知るには

「鉄道の仕事まるごとガイド─ぷち鉄ブックス」　村上悠太写真・文　交通新聞社　2017年2月【学習支援本】

「ザ・裏方：キャリア教育に役立つ! 2」　フレーベル館　2019年1月【学習支援本】

自動車整備士

私たちが安心して車を使えるように、車が安全に走るための点検や修理をする仕事です。エンジンやブレーキ、タイヤ、ライトなど、車のいろいろな部分を細かくチェックして、異常がないか確認します。もし部品が古くなっていたり、壊れていたりすれば、新しい部品に交換します。また、「車検」という定期的な点検も行い、車が法律で定められた基準を満たしているかを確かめます。

▶ **お仕事について詳しく知るには**

「新13歳のハローワーク」　村上龍著;はまのゆか絵　幻冬舎　2010年3月【学習支援本】

「ファッション建築ITのしごと：人気の職業早わかり!」　PHP研究所編　PHP研究所　2011年2月【学習支援本】

「自動車整備士になるには―なるにはBOOKS；25」　広田民郎著　ぺりかん社　2015年8月【学習支援本】

「職場体験完全ガイド 49」　ポプラ社編集　ポプラ社　2016年4月【学習支援本】

「調べてまとめる!仕事のくふう 5」　岡田博元監修　ポプラ社　2020年4月【学習支援本】

▶ **お仕事の様子をお話で読むには**

「みんなをのせてバスのうんてんしさん―講談社の創作絵本.よみきかせお仕事えほん」　山本省三 作;はせがわかこ 絵　講談社　2013年6月【絵本】

鉄道エンジニア

私たちが安全に、そして快適に電車を利用できるようにする仕事です。鉄道エンジニアは、電車の設計、線路や電気の仕組みを整えること、駅やシステムを作ることなど、さまざまな仕事をしています。例えば、線路の上を電車がスムーズに走れるように、レールの角度や鉄の強さを考えて設計します。また、電車同士がぶつからないように信号や運行の仕組みを工夫して、みんなの安全を守っています。

▶お仕事について詳しく知るには

「島秀雄：新幹線をつくった男―角川まんが学習シリーズ；N7. まんが人物伝」 小野田滋監修;桐嶋たけるまんが作画　KADOKAWA　2018年7月【学習支援本】
「鉄道のひみつ図鑑」 スタジオタッククリエイティブ編集　スタジオタッククリエイティブ 2019年12月【学習支援本】

自動車学校教官

車の運転を学びたい人に、安全で正しい運転の仕方を教える仕事で、安全なドライバーを育てる大切な役割を果たしています。運転の基本であるハンドル操作やブレーキの使い方、駐車の方法などを指導し、交通ルールもわかりやすく説明します。運転の練習中には、危ない場面がないように注意を払い、安心して練習できるようサポートします。

▶お仕事について詳しく知るには

「社会科見学に役立つわたしたちのくらしとまちのしごと場 3」 ニシ工芸児童教育研究所編 金の星社　2013年3月【学習支援本】

カーエンジニア

新しい車を設計したり改良したりする仕事で、未来の車を生み出して、私たちの生活をより便利で安全にするために努力しています。例えば、車が速く走れるようにしたり、燃費を良くしてガソリンを節約できるように工夫した  りします。また、安全性を高め、事故を防ぐための技術も考え、エアバッグやブレーキシステムを開発することもあります。そのために、コンピュータを使って車の形や動きをシミュレーションし、試作品を作ってテストを行います。

▶ お仕事について詳しく知るには

「ファッション建築ITのしごと：人気の職業早わかり!」 PHP研究所編 PHP研究所 2011年2月【学習支援本】

「職場体験完全ガイド 49」 ポプラ社編集 ポプラ社 2016年4月【学習支援本】

「エンジニアになろう!：つくってわかるテクノロジーのしくみ—見たい、知りたい、ためしたい」 キャロル・ボーダマン監修;後藤真理子訳 化学同人 2020年2月【学習支援本】

自転車整備士

自転車が安全に使えるように、点検や修理をする仕事で、私たちが安心して自転車に乗れるようサポートしてくれる、自転車のプロフェッショナルです。タイヤの空気圧やブレーキがきちんと利くかを確認し、パーツが古くなっていたら交換します。例えば、チェーンが外れやすくなっていたら調整したり、タイヤがパンクしたら修理したりします。また、自転車の調子を整えることで、乗り心地が良くなるよう工夫します。

▶ お仕事について詳しく知るには

「ファッション建築ITのしごと：人気の職業早わかり!」 PHP研究所編　PHP研究所　2011年2月【学習支援本】

自動車販売員

お客様が新しい車を選んで買うのをサポートする仕事で、販売員はさまざまな種類の車について詳しく知っていて、お客様の生活スタイルや予算に合った車をおすすめします。例えば、家族が多い人には広い車、通勤が多い人には燃費の良い車を紹介することもあります。また、試乗という実際に車を運転してもらう機会を作って、車の良さを体験してもらうことも大事な役目です。

▶ お仕事について詳しく知るには

「職場体験完全ガイド 49」　ポプラ社編集　ポプラ社　2016年4月【学習支援本】

自動車製造業

私たちが安全で便利な車に乗ることができるように、車を作り上げる仕事です。工場では、エンジン、タイヤ、ドアなどたくさんの部品を組み立てて、一つの車に仕上げていきます。部品をしっかり取り付ける、塗装する、完成した車を動かして異常がないかをチェックするなど、たくさんの人がそれぞれの役割を担っています。また、工場には人の他にも大きな機械やロボットがあり、効率よく正確に車を作るために働いています。

▶お仕事について詳しく知るには

「電気自動車：「燃やさない文明」への大転換」　村沢義久著　筑摩書房（ちくまプリマー新書）　2010年2月【学習支援本】

「ファッション建築ITのしごと：人気の職業早わかり!」　PHP研究所編　PHP研究所　2011年2月【学習支援本】

「実践!体験!みんなでストップ温暖化 4 (地域と家庭で!地球を守るエコ活動)」　住明正監修　学研教育出版　2011年2月【学習支援本】

「Q&A式自転車完全マスター 3」　こどもくらぶ企画・編集・著　ベースボール・マガジン社　2012年9月【学習支援本】

「トヨタ自動車―見学!日本の大企業」　こどもくらぶ編さん　ほるぷ出版　2012年9月【学習支援本】

「見てみよう!挑戦してみよう!社会科見学・体験学習 2 (工場・テレビ局・金融機関)」　国土社編集部編　国土社　2013年2月【学習支援本】

「ブリヂストン―見学!日本の大企業」　こどもくらぶ編さん　ほるぷ出版　2013年3月【学習支援本】

「社会科見学に役立つわたしたちのくらしとまちのしごと場 3」　ニシ工芸児童教育研究所編　金の星社　2013年3月【学習支援本】

「はやいぞはやいスポーツカーだいしゅうごう：パパと楽しむ―BCキッズベストカーのえほん」　講談社ビーシー編　講談社　2013年6月【学習支援本】

「ひろくてらくらくおうちのクルマだいしゅうごう：かぞくで楽しむ―BCキッズベストカーのえほん」　講談社ビーシー編　講談社　2013年6月【学習支援本】

「時代を切り開いた世界の10人：レジェンドストーリー 9」 髙木まさき監修　学研教育出版　2014年2月【学習支援本】

「はたらく車のしくみ・はたらき・できるまで 2 (けいさつの車・きんきゅうの車)」 こどもくらぶ編・著　岩崎書店　2014年3月【学習支援本】

「ビジュアル・日本の製品シェア図鑑 3」 こどもくらぶ編　WAVE出版　2014年3月【学習支援本】

「データと地図で見る日本の産業 4」 日本貿易会監修　ポプラ社　2014年4月【学習支援本】

「本田宗一郎：ものづくり日本を世界に示した技術屋魂：技術者・実業家・ホンダ創業者〈日本〉―ちくま評伝シリーズ〈ポルトレ〉」 筑摩書房編集部著　筑摩書房　2014年9月【学習支援本】

「ホンダ―見学!日本の大企業」 こどもくらぶ編さん　ほるぷ出版　2014年10月【学習支援本】

「イラストと地図からみつける!日本の産業・自然 第3巻 (自動車工業・鉄鋼業・化学工業・食品工業)」 青山邦彦絵　帝国書院　2015年2月【学習支援本】

「日本の自動車工業：生産・環境・福祉 1 (日本の自動車の生産としくみ)」 鎌田実監修　岩崎書店　2015年3月【学習支援本】

「日本の自動車工業：生産・環境・福祉 2 (世界とつながる自動車)」 鎌田実監修　岩崎書店　2015年3月【学習支援本】

「日本の自動車工業：生産・環境・福祉 3 (命を守る安全技術)」 鎌田実監修　岩崎書店　2015年3月【学習支援本】

「日本の自動車工業：生産・環境・福祉 4 (環境にやさしい自動車づくり)」 鎌田実監修　岩崎書店　2015年3月【学習支援本】

「日本の自動車工業：生産・環境・福祉 5 (福祉車両とバリアフリー)」 鎌田実監修　岩崎書店　2015年3月【学習支援本】

「はたらく自動車100点 最新版―講談社のアルバムシリーズ. のりものアルバム〈新〉; 9」 フォト・リサーチほか写真　講談社　2015年4月【学習支援本】

「自動車まるごと図鑑：電気自動車燃料電池車次世代エコカーを徹底比較!―もっと知りたい!図鑑」 黒川文子監修　ポプラ社　2015年4月【学習支援本】

「工場で働く人たち：しごとの現場としくみがわかる!―しごと場見学!」 松井大助著　ぺりかん社　2015年7月【学習支援本】

「世界がおどろいた!のりものテクノロジー自動車の進化」 トム・ジャクソン文;市川克彦監修　ほるぷ出版　2016年1月【学習支援本】

「写真とデータでわかる日本の貿易 2」 日本貿易会監修;オフィス303編　汐文社　2016年3月【学習支援本】

「豊田喜一郎：自動車づくりにかけた情熱―伝記を読もう; 2」 山口理文;黒須高嶺画　あかね書房　2016年3月【学習支援本】

「はたらくじどう車：しごととつくり6」 小峰書店編集部編 小峰書店 2016年4月【学習支援本】

「職場体験完全ガイド49」 ポプラ社編集 ポプラ社 2016年4月【学習支援本】

「ベンツと自動車―世界の伝記科学のパイオニア」 ダグ・ナイ作;吉井知代子訳 玉川大学出版部 2016年5月【学習支援本】

「未来のクルマができるまで：世界初、水素で走る燃料電池自動車MIRAI」 岩貞るみこ作 講談社 2016年6月【学習支援本】

「ぶつからないクルマのひみつ―学研まんがでよくわかるシリーズ；123」 山口育孝漫画;橘悠紀構成 学研プラスメディアビジネス部コンテンツ営業室 2016年12月【学習支援本】

「ボンネットの下をのぞいてみれば…―Rikuyosha Children & YA Books. 絵本図鑑：その下はどうなっているの?」 エスター・ポーター文;アンドレス・ロザノ絵 六耀社 2017年7月【学習支援本】

「はたらく車ずかん4」 スタジオタッククリエイティブ 2018年5月【学習支援本】

「だんめんず」 加古里子ぶん・え 福音館書店 2018年10月【学習支援本】

「レジェンドカーずかん：伝説の車が200台以上大集合!」 小堀和則監修 成美堂出版 2019年5月【学習支援本】

「新・日本のすがた = Japan by Region 2―帝国書院地理シリーズ」 帝国書院編集部編集 帝国書院 2021年3月【学習支援本】

「自動車のひみつ = The secrets of motor vehicle―キッズペディアアドバンスなぞ解きビジュアル百科」 廣田幸嗣監修 小学館 2021年10月【学習支援本】

鉄道車両製造業

電車や新幹線などの鉄道車両を作る仕事です。電車が速く、安全に、そして快適に走れるように細かいところまで工夫しながら作ります。まず、設計図を描いてどんな形や色にするかを決め、その後に大きな工場で金属を加工して車体を組み立てます。車両の中にエアコンや座席、窓なども取り付けて、最終的に走行テストをして安全を確認します。この仕事のおかげで、私たちは安心して電車に乗ることができます。

▶ お仕事について詳しく知るには

「日本一周!鉄道大百科 : 国内全路線図付き」 山﨑友也監修 成美堂出版 2012年11月【学習支援本】

「社会科見学に役立つわたしたちのくらしとまちのしごと場 3」 ニシ工芸児童教育研究所編 金の星社 2013年3月【学習支援本】

「新幹線大百科 : 決定版 第4巻 (新幹線ではたらく人びと)」 坂正博監修 岩崎書店 2015年1月【学習支援本】

「鉄道の仕事まるごとガイド―ぷち鉄ブックス」 村上悠太写真・文 交通新聞社 2017年2月【学習支援本】

ハイウェイパトロール

高速道路の安全を守る仕事です。高速道路では車がスピードを出すため、事故が起こりやすくなるので、ハイウェイパトロールの人たちは、危ない運転をしている車を見つけて注意したり、事故が起きたときにすぐに現場に行って助けたりします。また、渋滞しないようにしたり、道路に落ちているものを片付けたりもします。この仕事のおかげで、みんなが安全に、安心して高速道路を使えるようになっています。

▶お仕事について詳しく知るには

「交通の安全にかかわる仕事：航空管制官 時刻表製作者 ハイウェイパトロール隊員：マンガー知りたい！なりたい！職業ガイド」 ヴィットインターナショナル企画室編 ほるぷ出版 2010年1月【学習支援本】

バス会社

バスが安全に、そして時間どおりに走れるように、さまざまな職業の人が働いています。バスの運転士はもちろん、バスのルートを考えたり、時刻表を作ったりする人もいます。また、バスがいつもきれいで快適に使えるように、掃除や点検をする整備士も大切な役割を担っています。そして、運行管理者はバスが遅れないように運行状況をチェックし、トラブルがあれば迅速に対応します。バス会社で働く人々のおかげで、私たちは毎日便利にバスを利用することができるのです。

▶お仕事について詳しく知るには

「社会科見学に役立つわたしたちのくらしとまちのしごと場 3」 ニシエ芸児童教育研究所編 金の星社 2013年3月【学習支援本】

鉄道会社

電車が安全で時間どおりに走るように、さまざまな職業の人が働いています。運転士は電車を操作し、車掌は乗客が快適に乗れるようサポートします。また、駅員は乗客の案内をしたり、切符のチェックをしたりします。さらに、鉄道の線路や電車の整備を行う技術者がいて、事故が起きないように点検や修理をしています。運行管理者は電車の運行スケジュールを管理し、トラブルがあったときに対応します。鉄道会社で働く人々のおかげで、私たちは毎日安心して電車を利用できるのです。

▶ お仕事について詳しく知るには

「駅で働く人たち：しごとの現場としくみがわかる!―しごと場見学!」　浅野恵子著　ぺりかん社　2010年1月【学習支援本】

「社会科見学に役立つわたしたちのくらしとまちのしごと場 3」　ニシエ芸児童教育研究所編　金の星社　2013年3月【学習支援本】

「見る!乗る!撮る!親子で楽しむ鉄道体験大百科」　講談社編;山﨑友也監修　講談社（講談社のアルバムシリーズ. のりものアルバム〈新〉）　2018年4月【学習支援本】

「鉄道会社で行こう!：電車で行こう!スペシャル版!!」　豊田巧作;裕龍ながれ絵　集英社（集英社みらい文庫）　2019年3月【学習支援本】

「鉄道のひみつ図鑑」　スタジオタッククリエイティブ編集　スタジオタッククリエイティブ　2019年12月【学習支援本】

「みんなが知りたい!鉄道のすべて：この一冊でしっかりわかる―まなぶっく」　「鉄道のすべて」編集室著　メイツユニバーサルコンテンツ　2020年3月【学習支援本】

2

空、海の乗りものにかかわる仕事

客室乗務員

飛行機の乗客が、快適で安全に過ごせるようサポートする仕事で、飛行機での旅を楽しく安心できるものにするために欠かせない大切な役割を持っています。乗客が乗る時にはあいさつをして案内し、出発前には非常用の道具の使い方を説明します。飛行中には、飲みものや食べものを提供したり、質問に答えたりして、乗客が困らないように気を配ります。また、緊急事態が発生したときには冷静に対応し、乗客の安全を守る訓練も受けています。

▶ お仕事について詳しく知るには

「職場体験完全ガイド 19　ポプラ社　2010年3月【学習支援本】

「あこがれお仕事いっぱい!せいふく図鑑：大きくなったらどれ着たい?」 勝倉崚太写真　学研教育出版　2012年4月【学習支援本】

「空港の大研究：どんな機能や役割があるの?：滑走路のヒミツから遊べる施設まで」 秋本俊二著　PHP研究所　2012年8月【学習支援本】

「おしごと制服図鑑：制服をみれば仕事のひみつがわかる!」 講談社編　講談社　2012年9月【学習支援本】

「成田国際空港フライト準備OK!—このプロジェクトを追え!」 深光富士男文　佼成出版社　2012年9月【学習支援本】

「空港で働く人たち：しごとの現場としくみがわかる!—しごと場見学!」 中村正人著　ぺりかん社　2013年3月【学習支援本】

「ジェット機と空港・管制塔—乗り物ひみつルポ；3」 モリナガヨウ作　あかね書房　2013年9月【学習支援本】

「ANA—見学!日本の大企業」 こどもくらぶ編さん　ほるぷ出版　2014年1月【学習支援本】

「仕事を選ぶ：先輩が語る働く現場64—朝日中学生ウイークリーの本」 朝日中学生ウイークリー編集部編著　朝日学生新聞社　2014年3月【学習支援本】

「職場体験完全ガイド 38」 志村江　ポプラ社　2014年4月【学習支援本】

「客室乗務員になるには—なるにはBOOKS；2」 鑓田浩章著　ぺりかん社　2014年9月【学習支援本】

「さがしてみよう!まちのしごと 1 (交通のしごと)」 饗庭伸監修　小峰書店　2015年4月【学習支援本】

「夢をかなえる職業ガイド:あこがれの仕事を調べよう!―楽しい調べ学習シリーズ」 PHP研究所編　PHP研究所　2015年8月【学習支援本】

「キャリア教育支援ガイドお仕事ナビ 9」 お仕事ナビ編集室著　理論社　2016年1月【学習支援本】

「飛行機に関わる仕事:パイロット 航空管制官 航空整備士 客室乗務員　理論社　2016年1月【学習支援本】

「航空会社図鑑:未来をつくる仕事がここにある」 日本航空監修;青山邦彦絵;日経BPコンサルティング編集　日経BPコンサルティング　2016年12月【学習支援本】

「ミラクルかがやけ☆まんが!お仕事ガール」 ドリームワーク調査会編著　西東社　2017年4月【学習支援本】

「考えよう!女性活躍社会 2」 孫奈美 編　汐文社　2017年4月【学習支援本】

「空港で働く人たち:しごとの現場としくみがわかる! デジタルプリント版」 中村正人著　ぺりかん社(しごと場見学!)　2018年1月【学習支援本】

「夢をそだてるみんなの仕事300:野球選手/花屋 サッカー選手 医師/警察官 研究者/消防士 パティシエ 新幹線運転士 パイロット 美容師/モデル ユーチューバー アニメ監督 宇宙飛行士ほか 決定版」 講談社編　講談社　2018年11月【学習支援本】

「キャリア教育に活きる!仕事ファイル:センパイに聞く 16」 小峰書店編集部編著　小峰書店　2019年4月【学習支援本】

「パイロットの一日」 WILLこども知育研究所編著　保育社(暮らしを支える仕事見る知るシリーズ:10代の君の「知りたい」に答えます)　2020年12月【学習支援本】

▶ お仕事の様子をお話で読むには

「空ガール!:仕事も恋も乱気流!?」 浅海ユウ著　マイナビ出版(ファン文庫)　2021年4月【ライトノベル・ライト文芸】

パイロット

飛行機を安全に目的地まで運ぶ仕事で、私たちを世界中へ届け、空の安全を守るプロフェッショナルです。飛行機を操縦し、高度や方向、速度を調整しながら空を飛びます。出発前には、天気や飛行ルートを確認し、エンジンなどの機械に問題がないかをチェックします。飛行中も、他のパイロットや管制塔と連絡を取りながら、安全に飛行できるようにします。そして、万が一のトラブルにも冷静に対処できるよう、厳しい訓練を受けています。

▶ お仕事について詳しく知るには

「新13歳のハローワーク」 村上龍著;はまのゆか絵 幻冬舎 2010年3月【学習支援本】

「現代人の伝記：人間てすばらしい、生きるってすばらしい 4」 致知編集部編 致知出版社 2010年7月【学習支援本】

「料理旅行スポーツのしごと：人気の職業早わかり!」 PHP研究所編 PHP研究所 2010年10月【学習支援本】

「アメリア・イヤハート = AMELIA EARHART：はじめて大西洋横断飛行に成功した女性パイロット—集英社版・学習漫画. 世界の伝記next」 佐野未央子漫画;堀ノ内雅一シナリオ;青木冨貴子監修・解説 集英社 2012年3月【学習支援本】

「あこがれお仕事いっぱい!せいふく図鑑：大きくなったらどれ着たい?」 勝倉崚太写真 学研教育出版 2012年4月【学習支援本】

「空港の大研究：どんな機能や役割があるの?：滑走路のヒミツから遊べる施設まで」 秋本俊二著 PHP研究所 2012年8月【学習支援本】

「おしごと制服図鑑：制服をみれば仕事のひみつがわかる!」 講談社編 講談社 2012年9月【学習支援本】

「成田国際空港フライト準備OK!—このプロジェクトを追え!」 深光富士男文 佼成出版社 2012年9月【学習支援本】

「なりたい!知りたい!調べたい!人命救助のプロ 4（ドクターヘリのレスキュー隊）」 こどもくらぶ編・著 岩崎書店 2013年3月【学習支援本】

「会社と仕事大研究：みんなの？をマンガで！にする—デアゴスティーニコレクション．そーなんだ！おもしろテーマシリーズ」　デアゴスティーニ編集部著　デアゴスティーニ・ジャパン　2013年3月【学習支援本】

「空港で働く人たち：しごとの現場としくみがわかる！—しごと場見学！」　中村正人著　ぺりかん社　2013年3月【学習支援本】

「船で働く人たち：しごとの現場としくみがわかる！—しごと場見学！」　山下久猛著　ぺりかん社　2013年3月【学習支援本】

「ジェット機と空港・管制塔—乗り物ひみつルポ；3」　モリナガヨウ作　あかね書房　2013年9月【学習支援本】

「さがしてみよう！まちのしごと1（交通のしごと）」　饗庭伸監修　小峰書店　2015年4月【学習支援本】

「夢をかなえる職業ガイド：あこがれの仕事を調べよう！—楽しい調べ学習シリーズ」　PHP研究所編　PHP研究所　2015年8月【学習支援本】

「キャリア教育支援ガイドお仕事ナビ9」　お仕事ナビ編集室著　理論社　2016年1月【学習支援本】

「飛行機に関わる仕事：パイロット　航空管制官　航空整備士　客室乗務員　理論社　2016年1月【学習支援本】

「零戦パイロットからの遺言：原田要が空から見た戦争—世の中への扉」　半田滋著　講談社　2016年9月【学習支援本】

「航空会社図鑑：未来をつくる仕事がここにある」　日本航空監修；青山邦彦絵；日経BPコンサルティング編　日経BPコンサルティング　2016年12月【学習支援本】

「パイロットになるには 改訂版—なるにはBOOKS；1」　阿施光南著　ぺりかん社　2017年2月【学習支援本】

「大人になったらしたい仕事：「好き」を仕事にした35人の先輩たち」　朝日中高生新聞編集部編著　朝日学生新聞社　2017年9月【学習支援本】

「空港で働く人たち：しごとの現場としくみがわかる！ デジタルプリント版」　中村正人著　ぺりかん社（しごと場見学！）　2018年1月【学習支援本】

「好きなモノから見つけるお仕事：キャリア教育にぴったり！3」　藤田晃之監修　学研プラス　2018年2月【学習支援本】

「夢をそだてるみんなの仕事300：野球選手/花屋 サッカー選手 医師/警察官 研究者/消防士 パティシエ 新幹線運転士 パイロット 美容師/モデル ユーチューバー アニメ監督 宇宙飛行士ほか 決定版」　講談社編　講談社　2018年11月【学習支援本】

「憎しみを乗り越えて：ヒロシマを語り継ぐ近藤紘子」　佐藤真澄著　汐文社　2019年12月【学習支援本】

「パイロットの一日」　WILLこども知育研究所編著　保育社（暮らしを支える仕事見る知るシリーズ：10代の君の「知りたい」に答えます）　2020年12月【学習支援本】

▶ お仕事の様子をお話で読むには

「ほしのおうじさま」 アントワーヌ・ド・サン=テグジュペリ原作;ルイーズ・グレッグ文;サラ・マッシーニ絵;福本友美子訳 主婦の友社 2021年11月【絵本】

「星の王子さま」 サン=テグジュペリ作;管啓次郎訳;西原理恵子絵 角川書店 2011年6月【児童文学】

「新戦艦高千穂」 平田晋策著 真珠書院（パール文庫） 2013年12月【児童文学】

「まわりくんがゆく」 いとうやすしげ著 文芸社 2014年3月【児童文学】

「サン=テグジュペリと星の王子さま：空に幸せをもとめて」 ビンバ・ランドマン文・絵;鹿島茂訳 西村書店東京出版編集部 2014年12月【児童文学】

「飛行士と星の王子さま：サン=テグジュペリの生涯」 ピーター・シス文・絵;原田勝訳 徳間書店 2015年8月【児童文学】

「リトルプリンス：星の王子さまと私」 五十嵐佳子著 集英社（集英社みらい文庫） 2015年10月【児童文学】

「STAR WARSフォースの覚醒前夜：ポー・レイ・フィン」 グレッグ・ルーカ著;フィル・ノト絵;稲村広香訳 講談社（講談社KK文庫） 2016年1月【児童文学】

「パイロットのたまご：おしごとのおはなしパイロット―シリーズおしごとのおはなし」 吉野万理子作;黒須高嶺絵 講談社 2017年11月【児童文学】

「US1A RESCUE FLYING BOAT STORY：飛行艇物語」 二階堂裕作;佐藤元信絵 エスエスシー出版 2018年12月【児童文学】

「星の王子さま」 サン=テグジュペリ作;加藤かおり訳;矢部太郎絵 ポプラ社（ポプラキミノベル） 2021年6月【児童文学】

「水平線まで何マイル?：双つの翼」 伊吹秀明著;Abhar原作 ホビージャパン（HJ文庫） 2010年1月【ライトノベル・ライト文芸】

「天地無用! GXP：真・天地無用!魎皇鬼外伝 6」 梶島正樹著 富士見書房（富士見ファンタジア文庫） 2010年1月【ライトノベル・ライト文芸】

「わたしのファルコン 1」 夏見正隆著 朝日新聞出版（朝日ノベルズ） 2010年3月【ライトノベル・ライト文芸】

「わたしのファルコン 2」 夏見正隆著 朝日新聞出版（朝日ノベルズ） 2010年4月【ライトノベル・ライト文芸】

「わたしのファルコン 3」 夏見正隆著 朝日新聞出版（朝日ノベルズ） 2010年5月【ライトノベル・ライト文芸】

「物理の先生にあやまれっ!」 朝倉サクヤ著 集英社（集英社スーパーダッシュ文庫） 2011年4月【ライトノベル・ライト文芸】

「龍刃機神と戦う姫巫女」 若桜拓海著 ホビージャパン（HJ文庫） 2011年4月【ライトノベル・ライト文芸】

「スプラッシュ・ワン!：わたしのファルコン」 夏見正隆著 朝日新聞出版（朝日ノベルズ）

2011年5月【ライトノベル・ライト文芸】

「物理の先生にあやまれっ! 2号機」 朝倉サクヤ著 集英社(集英社スーパーダッシュ文庫)
2011年6月【ライトノベル・ライト文芸】

「異界兵装タシュンケ・ウィトコ」 樺薫著 講談社(講談社box. POWERS BOX) 2011年
11月【ライトノベル・ライト文芸】

「フルメタル・パニック!アナザー 3」 賀東招二原案・監修;大黒尚人著 富士見書房(富士
見ファンタジア文庫) 2012年3月【ライトノベル・ライト文芸】

「ガンパレード・マーチ2K西海岸編 1」 榊涼介著 アスキー・メディアワークス(電撃文庫)
2013年6月【ライトノベル・ライト文芸】

「トリガール!」 中村航著 KADOKAWA(角川文庫) 2014年6月【ライトノベル・ライト文芸】

「天網炎上カグツチ」 砂義出雲著 小学館(ガガガ文庫) 2014年8月【ライトノベル・ライ
ト文芸】

「ガーリー・エアフォース = GIRLY AIR FORCE」 夏海公司著 KADOKAWA(電撃文庫)
2014年9月【ライトノベル・ライト文芸】

「天網炎上カグツチ 2」 砂義出雲著 小学館(ガガガ文庫) 2014年12月【ライトノベル・
ライト文芸】

「ガーリー・エアフォース = GIRLY AIR FORCE 2」 夏海公司著 KADOKAWA(電撃文庫)
2015年3月【ライトノベル・ライト文芸】

「ガーリー・エアフォース = GIRLY AIR FORCE 3」 夏海公司著 KADOKAWA(電撃文庫)
2015年6月【ライトノベル・ライト文芸】

「海に降る」 朱野帰子著 幻冬舎(幻冬舎文庫) 2015年7月【ライトノベル・ライト文芸】

「ガーリー・エアフォース = GIRLY AIR FORCE 4」 夏海公司著 KADOKAWA(電撃文庫)
2015年11月【ライトノベル・ライト文芸】

「ガーリー・エアフォース = GIRLY AIR FORCE 5」 夏海公司著 KADOKAWA(電撃文庫)
2016年3月【ライトノベル・ライト文芸】

「ガーリー・エアフォース = GIRLY AIR FORCE 6」 夏海公司著 KADOKAWA(電撃文庫)
2016年7月【ライトノベル・ライト文芸】

「ガーリー・エアフォース = GIRLY AIR FORCE 7」 夏海公司著 KADOKAWA(電撃文庫)
2016年10月【ライトノベル・ライト文芸】

「覇界王ガオガイガー対ベターマン 上巻」 矢立肇原作;竹田裕一郎著;米たにヨシトモ監修
新紀元社(MORNINGSTARBOOKS.THEKINGOFBRAVESGAOGAIGARNOVEL) 2017年
6月【ライトノベル・ライト文芸】

「少女クロノクル。 = GIRL'S CHRONO-CLE」 ハセガワケイスケ著 KADOKAWA(電撃
文庫) 2017年7月【ライトノベル・ライト文芸】

「ガーリー・エアフォース = GIRLY AIR FORCE 8」 夏海公司著 KADOKAWA(電撃文庫)
2017年11月【ライトノベル・ライト文芸】

「ガーリー・エアフォース = GIRLY AIR FORCE 9」 夏海公司著 KADOKAWA(電撃文庫)

2018年6月【ライトノベル・ライト文芸】

「犯罪乱歩幻想」 三津田信三著 KADOKAWA 2018年9月【ライトノベル・ライト文芸】

「ガーリー・エアフォース = GIRLY AIR FORCE 10」 夏海公司著 KADOKAWA（電撃文庫）
2019年1月【ライトノベル・ライト文芸】

「ガーリー・エアフォース = GIRLY AIR FORCE 11」 夏海公司著 KADOKAWA（電撃文庫）
2019年3月【ライトノベル・ライト文芸】

「このままでは飛べません！：カメリア航空、地上お客様係の奮闘」 日向唯稀著
KADOKAWA（富士見L文庫） 2019年5月【ライトノベル・ライト文芸】

「ガーリー・エアフォース = GIRLY AIR FORCE 12」 夏海公司著 KADOKAWA（電撃文庫）
2019年6月【ライトノベル・ライト文芸】

「機長、事件です!」 秋吉理香子著 KADOKAWA（角川文庫） 2019年10月【ライトノベル・
ライト文芸】

「ステラエアサービス = Stella Air Service：曙光行路」 有馬桓次郎著 KADOKAWA
（DENGEKI. 電撃の新文芸） 2020年10月【ライトノベル・ライト文芸】

「ステラエアサービス = Stella Air Service 2」 有馬桓次郎著 KADOKAWA（DENGEKI.
電撃の新文芸） 2021年4月【ライトノベル・ライト文芸】

ディスパッチャー

飛行機が安全に目的地まで飛べるように計画を立てる仕事で、パイロットや空港のスタッフと協力して、空の安全を支える大切な役割を果たしています。出発前に天気や飛行ルートを確認し、最適なコースや飛ぶ高さ、必要な燃料の量を計算します。また、パイロットと連絡を取り合い、飛行中に何か問題があったときにはすぐに対応できるようサポートします。

▶お仕事について詳しく知るには

「料理旅行スポーツのしごと：人気の職業早わかり!」 PHP研究所編 PHP研究所 2010年
10月【学習支援本】

航空管制官

飛行機がスムーズかつ安全に離着陸できるように、空港で指示を出す仕事で、空の交通を守る重要な役割を果たしています。パイロットと無線で連絡を取り合い、

飛行機の順番や飛ぶルート、高度を決めて、ぶつからないように管理します。たくさんの飛行機が空港を利用するので、常に集中してタイミングを調整し、安全な運航をサポートします。また、悪天候や緊急事態のときには、特に注意深く対応しなければなりません。

▶お仕事について詳しく知るには

「交通の安全にかかわる仕事：航空管制官 時刻表製作者 ハイウェイパトロール隊員：マンガ—知りたい!なりたい!職業ガイド」 ヴィットインターナショナル企画室編 ほるぷ出版 2010年1月【学習支援本】

「新13歳のハローワーク」 村上龍著;はまのゆか絵 幻冬舎 2010年3月【学習支援本】

「料理旅行スポーツのしごと：人気の職業早わかり!」 PHP研究所編 PHP研究所 2010年10月【学習支援本】

「空港の大研究：どんな機能や役割があるの?：滑走路のヒミツから遊べる施設まで」 秋本俊二著 PHP研究所 2012年8月【学習支援本】

「成田国際空港フライト準備OK!—このプロジェクトを追え!」 深光富士男文 佼成出版社 2012年9月【学習支援本】

「職場体験完全ガイド 39」 八色祐次 ポプラ社 2014年4月【学習支援本】

「さがしてみよう!まちのしごと 1 (交通のしごと)」 饗庭伸監修 小峰書店 2015年4月【学習支援本】

「夢をかなえる職業ガイド：あこがれの仕事を調べよう!—楽しい調べ学習シリーズ」 PHP研究所編 PHP研究所 2015年8月【学習支援本】

「飛行機に関わる仕事：パイロット 航空管制官 航空整備士 客室乗務員」 理論社 2016年1月【学習支援本】

「10代のための仕事図鑑 = The career guide for teenagers：未来の入り口に立つ君へ」 大泉書店編集部編 大泉書店 2017年4月【学習支援本】

「こどもしごと絵じてん」 畠山重篤著;スギヤマカナヨ絵 三省堂 2018年5月【学習支援本】

「未来のお仕事入門 = MANGA FUTURE CAREER PRIMER」 東園子まんが 学研プラス（学研まんが入門シリーズミニ） 2018年8月【学習支援本】

「こどもしごと絵じてん 小型版」 三省堂編修所編 三省堂 2018年9月【学習支援本】

「大人になったらしたい仕事：「好き」を仕事にした35人の先輩たち 2」 朝日中高生新聞編集部編著 朝日学生新聞社 2018年10月【学習支援本】

「ザ・裏方：キャリア教育に役立つ! 2」 フレーベル館 2019年1月【学習支援本】

グランドハンドリングスタッフ

飛行機がスムーズかつ安全に運航できるよう、空港でサポートする仕事です。飛行機が到着したら、荷物の積み降ろしをしたり、機内を清掃したり、燃料を補給したりと、さまざまな作業を迅速に行います。また、飛行機を駐機場に正しく駐められるように誘導し、出発時には安全に滑走路に向かえるように準備します。たくさんの飛行機が時間どおりに出発できるのは、彼らが効率よく作業しているおかげです。

▶ お仕事について詳しく知るには

「新13歳のハローワーク」 村上龍著;はまのゆか絵 幻冬舎 2010年3月【学習支援本】

「料理旅行スポーツのしごと：人気の職業早わかり!」 PHP研究所編 PHP研究所 2010年10月【学習支援本】

「空港で働く人たち：しごとの現場としくみがわかる!—しごと場見学!」 中村正人著 ぺりかん社 2013年3月【学習支援本】

「こどもしごと絵じてん」 畠山重篤著;スギヤマカナヨ絵 三省堂 2018年5月【学習支援本】

「こどもしごと絵じてん 小型版」 三省堂編修所編 三省堂 2018年9月【学習支援本】

航空整備士

飛行機が安全に飛べるように点検や修理をする仕事で、飛行機を安全な状態に保つための大切な役割を担っています。特別な技術や知識を使って、飛行機のエンジンやブレーキ、タイヤ、翼の状態を細かくチェックし、もし壊れている部分があれば、新しい部品と交換します。離着陸のたびに飛行機がきちんと動くように整備士が確認することで事故を予防し、乗客が安心して空の旅を楽しむことができるのです。

▶ お仕事について詳しく知るには

「ファッション建築ITのしごと：人気の職業早わかり!」 PHP研究所編 PHP研究所 2011年2月【学習支援本】

「成田国際空港フライト準備OK!—このプロジェクトを追え!」 深光富士男文 佼成出版社 2012年9月【学習支援本】

「空港で働く人たち：しごとの現場としくみがわかる!—しごと場見学!」 中村正人著 ぺりかん社 2013年3月【学習支援本】

「さがしてみよう!まちのしごと 1 (交通のしごと)」 饗庭伸監修 小峰書店 2015年4月【学習支援本】

「キャリア教育支援ガイドお仕事ナビ 9」 お仕事ナビ編集室著 理論社 2016年1月【学習支援本】

「飛行機に関わる仕事：パイロット 航空管制官 航空整備士 客室乗務員」 理論社 2016年1月【学習支援本】

「航空会社図鑑：未来をつくる仕事がここにある」 日本航空監修;青山邦彦絵;日経BPコンサルティング編集 日経BPコンサルティング 2016年12月【学習支援本】

「10代のための仕事図鑑 = The career guide for teenagers：未来の入り口に立つ君へ」 大泉書店編集部編 大泉書店 2017年4月【学習支援本】

「ときめきハッピーおしごと事典スペシャル—キラかわ★ガール」 おしごとガール研究会著 ナツメ社 2017年12月【学習支援本】

「こどもしごと絵じてん」 畠山重篤著;スギヤマカナヨ絵 三省堂 2018年5月【学習支援本】

「こどもしごと絵じてん 小型版」 三省堂編修所編　三省堂　2018年9月【学習支援本】

▶ **お仕事の様子をお話で読むには**

「ちいさなひこうきのたび—かがくのとも絵本」 みねおみつさく　福音館書店　2019年8月【絵本】

入国審査官

外国から来た人や外国へ行く人が安全に行き来できるようにチェックするお仕事です。空港や港で、パスポートやビザという身分証明書を見て、その人が日本に入っても問題がないか確認します。例えば、持ち込みが禁止されている物を持っていないか、法律に違反していないかなどを調べる

他、入国のルールを守っているかどうかもチェックします。入国審査官は国の安全を守るためにとても大切な仕事です。

▶ **お仕事について詳しく知るには**

「治安・法律・経済のしごと：人気の職業早わかり!」 PHP研究所編　PHP研究所　2011年9月【学習支援本】

「さがしてみよう!まちのしごと 1（交通のしごと）」 饗庭伸監修　小峰書店　2015年4月【学習支援本】

「こどもしごと絵じてん」 畠山重篤著;スギヤマカナヨ絵　三省堂　2018年5月【学習支援本】

「こどもしごと絵じてん 小型版」 三省堂編修所編　三省堂　2018年9月【学習支援本】

「ザ・裏方：キャリア教育に役立つ! 2」 フレーベル館　2019年1月【学習支援本】

税関職員
がいこく
くにほん

外国から日本に入ってくる荷物や商品が安全で
ルールに合っているかをチェックするお仕事で
す。空港や港で働き、持ち込まれる物に違反が
ないかを調べます。例えば、違法な薬や、日本
で禁止されている物を持っていないか、また
高価な物が税金を払わずに持ち込まれていない
かを確認します。税関職員のおかげで、みんな
が安心して生活できるように国のルールが守られ
ています。

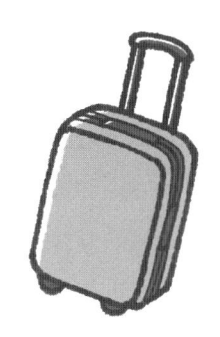

▶ お仕事について詳しく知るには

「治安・法律・経済のしごと：人気の職業早わかり!」 PHP研究所編　PHP研究所　2011年
9月【学習支援本】

「こどもしごと絵じてん」 畠山重篤著;スギヤマカナヨ絵　三省堂　2018年5月【学習支援
本】

「未来のお仕事入門 = MANGA FUTURE CAREER PRIMER」 東園子まんが　学研プラス
（学研まんが入門シリーズミニ）　2018年8月【学習支援本】

「こどもしごと絵じてん 小型版」 三省堂編修所編　三省堂　2018年9月【学習支援本】

グランドスタッフ

飛行機の乗客を空港でサポートする仕事で、乗客がスムーズに安心して飛行機に乗れるようにするためのプロフェッショナルです。チェックインカウンターでは、乗客のチェックインを手伝い、荷物を預かり、飛行機に乗るための搭乗券を発行します。また、乗り継ぎが必要な乗客や道に迷った乗客を案内したり、飛行機が遅れたときの対応をしたりします。

▶ お仕事について詳しく知るには

「料理旅行スポーツのしごと：人気の職業早わかり!」 PHP研究所編 PHP研究所 2010年10月【学習支援本】

「職場体験完全ガイド 38」 志村江 ポプラ社 2014年4月【学習支援本】

「夢のお仕事さがし大図鑑：名作マンガで「すき!」を見つける 1」 夢のお仕事さがし大図鑑編集委員会編 日本図書センター 2016年9月【学習支援本】

「10代のための仕事図鑑 = The career guide for teenagers：未来の入り口に立つ君へ」大泉書店編集部編 大泉書店 2017年4月【学習支援本】

「グランドスタッフになるには」 京極祥江著 ぺりかん社（なるにはBOOKS ） 2018年1月【学習支援本】

「好きなモノから見つけるお仕事：キャリア教育にぴったり! 3」 藤田晃之監修 学研プラス 2018年2月【学習支援本】

「こどもしごと絵じてん」 畠山重篤著;スギヤマカナヨ絵 三省堂 2018年5月【学習支援本】

「こどもしごと絵じてん 小型版」 三省堂編修所編 三省堂 2018年9月【学習支援本】

船長、船員

船が安全に目的地まで航海できるように協力して働く仕事です。船長は船のリーダーで、進むコースを決めたり、天気や波の様子を見ながら航海の判断をしたりします。また、万が一のトラブル時には、船員に指示を出して船を守ります。船員は、エンジンの点検や船内の掃除、荷物の積み降ろし、ロープの操作など、船の運航に必要な作業を担当します。彼らのチームワークのおかげで、船は無事に旅を続けることができるのです。

▶ お仕事について詳しく知るには

「職場体験完全ガイド 16」 ポプラ社 2010年3月【学習支援本】

「料理旅行スポーツのしごと : 人気の職業早わかり!」 PHP研究所編 PHP研究所 2010年10月【学習支援本】

「しごとば 続々―しごとばシリーズ ; 3」 鈴木のりたけ作 ブロンズ新社 2011年1月【学習支援本】

「職場体験完全ガイド 29」 江藤純文 ポプラ社 2012年3月【学習支援本】

「船で働く人たち : しごとの現場としくみがわかる!―しごと場見学!」 山下久猛著 ぺりかん社 2013年3月【学習支援本】

「仕事発見!生きること働くことを考える = Think about Life & Work」 毎日新聞社 著 毎日新聞社 2013年5月【学習支援本】

「仕事を選ぶ : 先輩が語る働く現場64―朝日中学生ウイークリーの本」 朝日中学生ウイークリー編集部編著 朝日学生新聞社 2014年3月【学習支援本】

「船長・機関長になるには―なるにはBOOKS ; 8」 日本海事新聞社編;穴澤修平著 ぺりかん社 2014年3月【学習支援本】

「サンジャーム船長 : 7つの海の大冒険 虫歯編―歯みがきの絵本」 新谷哲生 文・構成;gallery ouchi 絵 学研マーケティング 2014年9月【学習支援本】

「夢をかなえる職業ガイド : あこがれの仕事を調べよう!―楽しい調べ学習シリーズ」 PHP研究所編 PHP研究所 2015年8月【学習支援本】

「はたらく船大図鑑 2 (ものをはこぶ船)」 池田良穂監修 汐文社 2015年12月【学習支援本】

「船員さんのひみつ―学研まんがでよくわかるシリーズ；仕事のひみつ編 5」 橘悠紀構成；おがたたかはる漫画　学研プラス出版プラス事業部出版コミュニケーション室　2016年5月【学習支援本】

▶お仕事の様子をお話で読むには

「ヘビと船長：フランス・バスクのむかしばなし」　ふしみみさを文；ポール・コックス絵　BL出版　2021年2月【絵本】

「かいぞくタコせんちょう」　二宮由紀子文；市原淳絵　KADOKAWA　2021年3月【絵本】

「フライングメジャー号世界一周空の旅―講談社の創作絵本」　コマヤスカン作　講談社　2021年11月【絵本】

「フック船長12歳、永遠の呪い―ディズニーヴィランズのこわい話」　ヴェラ・ストレンジ著；代田亜香子訳　小学館（小学館ジュニア文庫）　2021年7月【児童文学】

「夏海紗音と不思議な世界 1」　直江ヒロト著　富士見書房（富士見ファンタジア文庫）　2021年4月【ライトノベル・ライト文芸】

「緋弾のアリア 35」　赤松中学著　KADOKAWA（MF文庫J）　2021年4月【ライトノベル・ライト文芸】

水先人、水先案内人

大きな船が安全に港に出入りできるように、船を案内する仕事です。港や川の近くは浅瀬や狭い場所が多く、大きな船は自分だけで安全に進むのが難しいため、水先人がサポートします。港の地形や潮の流れ、風の強さをよく知っていて、船がぶつからないよう、船長に最適なルートやスピードなどの細かい指示を出して、無事に港まで導きます。

▶お仕事について詳しく知るには

「港で働く人たち：しごとの現場としくみがわかる!―しごと場見学!」　大浦佳代著　ぺりかん社　2013年1月【学習支援本】

航海士

船が無事に目的地まで進むよう船長をサポートする仕事で、船のスムーズで安全な旅を支える大切な役割を果たしています。船が進むコースを地図やコンパス、GPSを使って確認し、方向を正しく保つ他、天気や波の状況を見ながら、船が

安全に航行できるように船長に報告します。また、荷物の積み降ろしやエンジンの点検、見張りも担当し、海での事故を防ぐために注意を払います。

▶ お仕事について詳しく知るには

「料理旅行スポーツのしごと：人気の職業早わかり!」　PHP研究所編　PHP研究所　2010年10月【学習支援本】

「職場体験完全ガイド 29」　江藤純文　ポプラ社　2012年3月【学習支援本】

「夢をそだてるみんなの仕事300：野球選手/花屋 サッカー選手 医師/警察官 研究者/消防士 パティシエ 新幹線運転士 パイロット 美容師/モデル ユーチューバー アニメ監督 宇宙飛行士ほか 決定版」　講談社編　講談社　2018年11月【学習支援本】

「キャリア教育に活きる!仕事ファイル：センパイに聞く 17」　小峰書店編集部編著　小峰書店　2019年4月【学習支援本】

潜水士

水の中で特別な作業をする仕事で、特別
な技術と体力を持ち、私たちの生活を支
える重要な役割を担っています。ダイビン
グの技術を使い、水中で橋やダム、船の
修理や調査を行います。酸素ボンベなど
の特別な装備を身につけて深いところまで
潜り、視界が悪い場所でも安全に作業で

きるように訓練を受けています。また、海や川で事故があったときは、
行方不明者を探す捜索活動を手伝うこともあります。

> **▶お仕事について詳しく知るには**
>
> 「潜水士渋谷正信の仕事"誇りを胸に、海へ飛び込め"ープロフェッショナル仕事の流儀」 渋
> 谷正信 出演 NHKエンタープライズ 2016年9月【学習支援本】
>
> 「よくわかる海上保安庁：しくみは?どんな仕事をしているの?―楽しい調べ学習シリーズ」
> 海上保安協会監修 PHP研究所 2018年8月【学習支援本】

船舶機器整備士

船を安全に動かすために必要な機械や装置を点検し、修理する仕事です。船には、エンジン、通信機器、ナビゲーションシステムなど、たくさんの機器があり、それぞれが正しく動くことで船を安全に進ませることができます。整備士は、これらの機器が壊れていないか定期的に点検し、必要があれば修理や交換を行います。船は海の上で長い時間を過ごすので、彼らの仕事は船の安全と船員の命を守るために、とても大切な役割を果たしています。

▶ お仕事について詳しく知るには

「港で働く人たち：しごとの現場としくみがわかる!—しごと場見学!」 大浦佳代著　ぺりかん社　2013年1月【学習支援本】

航空エンジニア

飛行機やヘリコプターを作ったり、修理したりする仕事で、飛行機が空を安全に飛べるように、エンジンや翼の形を考え、設計図を描きます。飛行機がどれだけ重い荷物を運べるか、どんな風や天気に耐えられるかも計算し、部品がしっかり動くかも確認します。もし飛行機が壊れてしまったときには、原因を調べて直します。航空エンジニアのおかげで、私たちは安心して飛行機に乗り、空を飛ぶことができるのです。

▶ お仕事について詳しく知るには

「どうなってるの?エンジニアのものづくり：めくって楽しい81のしかけ」 ローズ・ホール文;リー・コスグローブ絵;福本友美子訳;大﨑章弘日本語版監修　ひさかたチャイルド 2021年6月【学習支援本】

航空輸送

飛行機を使って荷物や人を遠くまで届ける仕事です。この仕事には、パイロットや客室乗務員、グランドスタッフ、整備士など、多くの人々がかかわっています。荷物の管理や飛行スケジュールの調整、飛行機の安全点検など、みんなが協力して飛行機が時間どおりに安全に飛べるようサポートします。例えば、荷物を預かり安全に運ぶことで、海外からの製品や手紙を受け取れるようになります。航空輸送のおかげで、世界中がつながり、物や人が素早く移動できるのです。

▶ お仕事について詳しく知るには

「会社のしごと：会社の中にはどんな職種があるのかな？5」 松井大助著　ぺりかん社
2013年12月【学習支援本】

「航空会社図鑑：未来をつくる仕事がここにある」 日本航空監修;青山邦彦絵;日経BPコンサルティング編集　日経BPコンサルティング　2016年12月【学習支援本】

海上輸送

大きな船を使って、海を越えて荷物を運ぶ仕事です。例えば、私たちが使う家具や洋服、食べものなど、多くの物が船で運ばれています。この仕事には、船を操縦する船長や航海士、荷物の積み降ろしを行う港の作業員、船の整備をする整備士など、たくさんの人がかかわっています。彼らは協力して、荷物が無事に目的地まで届くように働いています。海上輸送のおかげで、世界中の国々から必要な物が手に入り、私たちの生活が豊かになっているのです。

▶ お仕事について詳しく知るには

「はこぶ仕事のひみつ図鑑」 スタジオタッククリエイティブ著・編集 スタジオタッククリエイティブ 2020年7月【学習支援本】

航空機製造業

飛行機を設計して作り上げる仕事です。まず、設計士が飛行機の形や大きさ、材料を考え、どのように飛ぶかを計画します。次に、技術者がその設計図をもとに、飛行機の胴体や翼、エンジンを組み立てます。部品は一つひとつ慎重に作られ、しっかりつながるように溶接やネジ止めが行われます。また、安全に飛べるように、テスト飛行をして性能を確認します。航空機製造業の人たちのおかげで、私たちは安心して飛行機に乗ることができるのです。

造船業

「造船所」と呼ばれる大きな工場で、
船の設計から組み立てまでを行い、
船を作る仕事です。まず、設計士
が船の形や大きさ、どんな材料を
使うかを考え、図面を描きます。そ

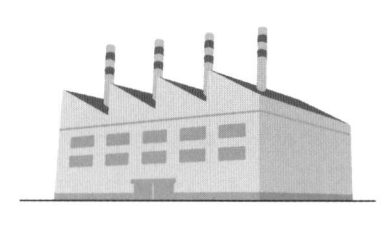

の後、技術者がその図面をもとに鉄やアルミなどの材料を組み立てて、
丈夫な船を作り上げます。溶接や塗装をする職人もいて、船が水に浮
かび、長い間安全に使えるように工夫します。造船業の人たちのおか
げで、私たちは貨物船やフェリーなど、さまざまな船を使うことができ
るのです。

▶ **お仕事について詳しく知るには**

「世界が注目!凄ワザ大国ニッポン 2(産業と経済)」 中村智彦監修 日本図書センター
2011年2月【学習支援本】

「Story日本の歴史 増補版」 日本史教育研究会編 山川出版社 2011年12月【学習支援本】

「社会科見学に役立つわたしたちのくらしとまちのしごと場 3」 ニシ工芸児童教育研究所編
金の星社 2013年3月【学習支援本】

「キャリア教育に活きる!仕事ファイル:センパイに聞く 17」 小峰書店編集部編著 小峰書
店 2019年4月【学習支援本】

「新・日本のすがた = Japan by Region 1―帝国書院地理シリーズ」 帝国書院編集部編集
帝国書院 2021年3月【学習支援本】

「新・日本のすがた = Japan by Region 2―帝国書院地理シリーズ」 帝国書院編集部編集
帝国書院 2021年3月【学習支援本】

航空業

飛行機を使って人や荷物を安全に運ぶ仕事で、さまざまな職業の人たちがかかわっています。パイロットは飛行機を操縦し、客室乗務員は乗客が快適に過ごせるようにサポートします。グランドスタッフは空港でチェックインを手伝い、荷物を預かります。また、整備士は飛行機が安全に飛べるように点検や修理を行います。さらに、管制官は空港や空の安全を見守り、飛行機がぶつからないように指示を出します。みんなが協力して、世界中の人や物が安全に移動できるように支えています。

▶お仕事について詳しく知るには

「社会科見学に役立つわたしたちのくらしとまちのしごと場 3」 ニシエ芸児童教育研究所編
金の星社 2013年3月【学習支援本】

「職場体験学習に行ってきました。: 中学生が本物の「仕事」をやってみた! 8」 全国中学校
進路指導連絡協議会監修 学研教育出版 2014年2月【学習支援本】

「客室乗務員になるには―なるにはBOOKS ; 2」 鑓田浩章著 ぺりかん社 2014年9月【学習支援本】

「さがしてみよう!まちのしごと 1 (交通のしごと)」 饗庭伸監修 小峰書店 2015年4月【学習支援本】

3

宇宙にかかわる
仕事

宇宙飛行士

宇宙に行ってさまざまな研究や実験を行う仕事で、宇宙についての新しい発見をしたり、将来の宇宙探査に役立つデータを集めたりして、科学の発展に貢献する大切な役割を果たしています。まず、宇宙船に乗って地球の外に出て、宇宙ステーションで生活や作業をします。宇宙では無重力のため、物が浮いたり、体の動かし方が変わったりするので、特別な訓練が必要です。また、地球の環境とは違うため、食事や睡眠の工夫も必要になります。

▶ お仕事について詳しく知るには

「感動する仕事!泣ける仕事! : お仕事熱血ストーリー7（あなたの未来を輝かせたい）　学研教育出版　2010年2月【学習支援本】

「宇宙飛行士の若田さんと学ぶおもしろ宇宙実験」　日経ナショナルジオグラフィック社編　日経ナショナルジオグラフィック社　2010年8月【学習支援本】

「瑠璃色の星 : 宇宙から伝える心のメッセージ」　山崎直子著　世界文化社　2010年8月【学習支援本】

「なおこ、宇宙飛行士になる」　山崎直子作;松井晴美絵　角川書店（角川つばさ文庫）　2010年9月【学習支援本】

「宇宙環境動物のしごと : 人気の職業早わかり!」　PHP研究所編　PHP研究所　2010年12月【学習支援本】

「宇宙ロケットのしくみ : 人類が宇宙に行くための唯一の手段―子供の科学・サイエンスブックス」　的川泰宣著　誠文堂新光社　2011年1月【学習支援本】

「宇宙がきみを待っている」　若田光一;岡田茂著　汐文社　2011年4月【学習支援本】

「宇宙少年―15歳の寺子屋」　野口聡一著　講談社　2011年6月【学習支援本】

「ヒラメキ公認ガイドブックようこそ宇宙へ」　リサ・スワーリング;ラルフ・レイザーイラスト;キャロル・ストット文;伊藤伸子訳　化学同人　2011年12月【学習支援本】

「金環食guide : 2012年5月21日」　渡部潤一監修　中央公論新社　2012年2月【学習支援本】

「月へ : アポロ11号のはるかなる旅」　ブライアン・フロッカ作・絵;日暮雅通訳　偕成社

2012年2月【学習支援本】

「わたしが子どもだったころ 2」 NHK「わたしが子どもだったころ」制作グループ編 ポプラ社 2012年3月【学習支援本】

「宇宙開発―天文・宇宙の科学」 山田陽志郎著 大日本図書 2012年3月【学習支援本】

「宇宙飛行士若田光一物語―小学館学習まんがシリーズ」 上川敦志まんが 小学館 2012年3月【学習支援本】

「元気がでる日本人100人のことば 2」 晴山陽一監修 ポプラ社 2012年3月【学習支援本】

「的川博士の銀河教室」 的川泰宣著 毎日新聞社 2012年3月【学習支援本】

「あこがれお仕事いっぱい!せいふく図鑑：大きくなったらどれ着たい?」 勝倉崚太写真 学研教育出版 2012年4月【学習支援本】

「宇宙就職案内」 林公代著 筑摩書房（ちくまプリマー新書） 2012年5月【学習支援本】

「宇宙兄弟-アニメでよむ宇宙たんけんブック-」 講談社編;小山宙哉原作;林公代監修・文 講談社 2012年8月【学習支援本】

「大解明!!宇宙飛行士 VOL.1 (活躍の歴史)」 渡辺勝巳監修;岡田茂著 汐文社 2013年1月【学習支援本】

「会社と仕事大研究：みんなの?をマンガで!にする―デアゴスティーニコレクション. そーなんだ!おもしろテーマシリーズ」 デアゴスティーニ編集部著 デアゴスティーニ・ジャパン 2013年3月【学習支援本】

「大解明!!宇宙飛行士 VOL3 (生活のひみつ)」 渡辺勝巳監修;岡田茂著 汐文社 2013年3月【学習支援本】

「なぜ?どうして?宇宙と地球ふしぎの話：親子で楽しめる!」 的川泰宣監修 池田書店 2013年7月【学習支援本】

「宇宙飛行士になるには―なるにはBOOKS；109」 漆原次郎著 ぺりかん社 2014年6月【学習支援本】

「宇宙飛行士入門―入門百科+；13」 渡辺勝巳監修 小学館 2014年6月【学習支援本】

「最新!宇宙探検ビジュアルブック―生活シリーズ」 阪本成一監修 主婦と生活社 2014年7月【学習支援本】

「宇宙への夢、力いっぱい!―PHP心のノンフィクション」 若田光一著;高橋うらら著 PHP研究所 2014年12月【学習支援本】

「時代を切り開いた世界の10人：レジェンドストーリー 第2期2」 髙木まさき監修 学研教育出版 2015年2月【学習支援本】

「うちゅうへいこう!：わかたせんちょうからのことば」 若田光一著・企画;宇宙航空研究開発機構著・企画 世界文化社 2015年3月【学習支援本】

「宇宙の謎大百科：最新の科学で解き明かされた宇宙のひみつ100」 レッカ社編著 カンゼン 2015年4月【学習支援本】

「ニール・アームストロング：人類史上初めて月に降り立った宇宙飛行士―学研まんがNEW

世界の伝記」　縣秀彦監修;藤森カンナまんが　学研教育出版　2015年8月【学習支援本】

「夢をかなえる職業ガイド：あこがれの仕事を調べよう!―楽しい調べ学習シリーズ」　PHP研究所編　PHP研究所　2015年8月【学習支援本】

「宇宙のクライシス―科学学習まんがクライシス・シリーズ」　上川敦志まんが;三条和都ストーリー　小学館　2016年7月【学習支援本】

「めくってしらべるめくってわかる宇宙のひみつ―学べる図鑑なぜ?なぜ?シリーズ」　アンドレア・エルネ文;ラーヴェンスブルガー・ブーフフェアラーク・オットー・マイアー編;ペーター・ニーレンダーイラスト;大隈容子訳　講談社　2016年11月【学習支援本】

「宇宙を仕事にしよう!―14歳の世渡り術」　村沢譲著　河出書房新社　2016年11月【学習支援本】

「宇宙からのことば」　毛利衛文;豊田充穂絵　学研プラス　2016年12月【学習支援本】

「うごかす!めくる!宇宙：しかけいっぱい」　アンヌ・ソフィ・ボマン作;オリヴィエ・ラティク作;中村有以日本語版翻訳　パイインターナショナル　2017年4月【学習支援本】

「考えよう!女性活躍社会 2」　孫奈美編　汐文社　2017年4月【学習支援本】

「宇宙の不思議：太陽系惑星から銀河・宇宙人まで―ジュニア学習ブックレット」　縣秀彦監修　PHP研究所　2017年5月【学習支援本】

「宇宙について知っておくべき100のこと―インフォグラフィックスで学ぶ楽しいサイエンス」　アレックス・フリス文;アリス・ジェームス文;ジェローム・マーティン文;フェデリコ・マリアーニイラスト;ショウ・ニールセンイラスト;竹内薫訳・監修　小学館　2017年7月【学習支援本】

「ときめきハッピーおしごと事典スペシャル―キラかわ★ガール」　おしごとガール研究会著　ナツメ社　2017年12月【学習支援本】

「キャリア教育支援ガイドお仕事ナビ 15」　お仕事ナビ編集室著　理論社　2018年1月【学習支援本】

「宇宙 新版」　池内了監修;大内正己指導・執筆;ほか指導・執筆　小学館（小学館の図鑑NEO）　2018年6月【学習支援本】

「みえるとかみえないとか」　ヨシタケシンスケさく;伊藤亜紗そうだん　アリス館　2018年7月【学習支援本】

「未来のお仕事入門 = MANGA FUTURE CAREER PRIMER」　東園子まんが　学研プラス（学研まんが入門シリーズミニ）　2018年8月【学習支援本】

「おもしろくて、役に立たない!?へんてこりんな宇宙図鑑」　岩谷圭介文;柏原昇店絵　キノブックス　2018年11月【学習支援本】

「きみは宇宙飛行士!：宇宙食・宇宙のトイレまるごとハンドブック」　ロウイー・ストーウェル文;竹内薫監訳;竹内さなみ訳　偕成社　2018年12月【学習支援本】

「宇宙飛行士はどうやってウンチをするの?：宇宙への興味が無限に広がる雑学50」　キッズトリビア倶楽部編;加藤のりこ絵　えほんの杜　2019年8月【学習支援本】

「Why?おしえて!ロケットと宇宙船」　ファンクンギ文;キムソンレまんが;渡辺勝巳日本語版

監修;ウィルビー・インターナショナル訳　世界文化社（なぜ?に答える科学まんが）　2019年9月【学習支援本】

「そらのうえ うみのそこ 新装版」 長沼毅監修;大橋慶子絵　303BOOKS　2020年7月【学習支援本】

「宇宙のがっこう」 JAXA宇宙教育センター監修;NHK出版編　NHK出版　2020年7月【学習支援本】

「おとなになるのび太たちへ : 人生を変える『ドラえもん』セレクション」 藤子・F・不二雄まんが　小学館　2020年9月【学習支援本】

「こてつくんの宇宙なんちゃらぶっく」 にしむらゆうじ原作・絵;スペースアカデミー文;日本宇宙少年団監修　KADOKAWA　2020年11月【学習支援本】

「宇宙飛行士は見た宇宙に行ったらこうだった!」 山崎直子著　repicbook　2020年12月【学習支援本】

「なぜ私たちは理系を選んだのか : 未来につながる〈理〉のチカラ―岩波ジュニアスタートブックス」 桝太一著　岩波書店　2021年5月【学習支援本】

▶ お仕事の様子をお話で読むには

「忍者サノスケじいさんわくわく旅日記 45 (でた!おばけワニの巻) (茨城の旅)」 なすだみのる作;あべはじめ絵　ひくまの出版　2012年3月【児童文学】

「ボイジャーズ8 1」 D.J.マクヘイル著;小浜杏訳　KADOKAWA　2017年7月【児童文学】

「ボイジャーズ8 2」 D.J.マクヘイル著;小浜杏訳　KADOKAWA　2017年7月【児童文学】

「宇宙の生命 : 青い星の秘密―ホーキング博士のスペース・アドベンチャー ; 2-2」 ルーシー・ホーキング作;スティーヴン・ホーキング作;さくまゆみこ訳;佐藤勝彦監修　岩崎書店　2017年7月【児童文学】

「NASA超常ファイル : 地球外生命からの挑戦状」 伊豆平成著;山浦聡イラスト　小学館（小学館ジュニア文庫）　2017年10月【児童文学】

「ミラクルへんてこ小学生ポチ崎ポチ夫」 田丸雅智著;やぶのてんやイラスト　小学館（小学館ジュニア文庫）　2021年11月【児童文学】

「私と月につきあって―ロケットガール ; 3」 野尻抱介著　早川書房（ハヤカワ文庫 JA）2021年4月【ライトノベル・ライト文芸】

「天使は結果オーライ―ロケットガール ; 2」 野尻抱介著　早川書房（ハヤカワ文庫 JA）2021年4月【ライトノベル・ライト文芸】

「魔法使いとランデヴー―ロケットガール ; 4」 野尻抱介著　早川書房（ハヤカワ文庫 JA）2021年4月【ライトノベル・ライト文芸】

運用管制官

宇宙にいる宇宙飛行士や宇宙船が安全に活動できるように、地上から宇宙での活動を支え、見守る仕事です。地上の管制センターから、宇宙船の状態や宇宙飛行士の健康、天候や宇宙の状況をチェックし、必要があれば指示を出します。例えば、トラブルが起きたときには迅速に解決方法を伝え、宇宙飛行士をサポートします。また、宇宙ステーションでの実験や作業のスケジュールを管理し、円滑に進むように調整します。

▶お仕事について詳しく知るには

「宇宙を仕事にしよう!―14歳の世渡り術」 村沢譲著 河出書房新社 2016年11月【学習支援本】

「キャリア教育に活きる!仕事ファイル:センパイに聞く30」 小峰書店編集部編著 小峰書店 2021年4月【学習支援本】

スペースガード

宇宙で起こる危険から地球を守る仕事です。宇宙には小惑星や隕石といった、地球にぶつかる可能性があるものがたくさんあります。スペースガードの役割は、これらの物体の動きを観察し、もし地球に近づいてきたら警報を出すだけでなく、ぶつからないようにするための計画も考えます。地球に住むすべての生き物を守るため、宇宙の安全を見守っている大切な仕事です。

▶お仕事について詳しく知るには

「宇宙・天文で働く」 本田隆行著 ぺりかん社(なるにはBOOKS) 2018年10月【学習支援本】

気象予報士、気象予報官

私たちが日々の天気を知り、生活や安全の準備ができるように、天気を予測する仕事です。毎日の気温や降水量、風の強さなどを調べ、明日や来週の天気がどうなるかを予測します。そのために、気象衛星やレーダー、コンピュータを使って大量のデータを分析し、雨や台風、雪などの天気の変化を見つけ出します。そして、天気予報を通して人々に伝え、災害を避けるための注意喚起を行います。

▶お仕事について詳しく知るには

「天気の不思議がわかる!：自由研究に役立つ実験つき」 日本気象協会監修 実業之日本社 2010年7月【学習支援本】

「宇宙環境動物のしごと：人気の職業早わかり!」 PHP研究所編 PHP研究所 2010年12月【学習支援本】

「気象予報士の仕事：将来有望!就職にも有利なライセンス」 法学書院編集部 編 法学書院 2011年2月【学習支援本】

「天気の基本を知ろう!―天気でわかる四季のくらし；5」 日本気象協会著 新日本出版社 2011年2月【学習支援本】

「検定クイズ100天気・気象：理科 図書館版―ポケットポプラディア；2」 検定クイズ研究会編；森田正光監修 ポプラ社 2011年3月【学習支援本】

「天気予報の大研究：自然がもっと身近になる!：役割・しくみから用語・天気図まで」 日本気象協会監修 PHP研究所 2011年9月【学習支援本】

「日本気象協会気象予報の最前線―このプロジェクトを追え!」 深光富士男文 佼成出版社 2014年8月【学習支援本】

「気象の図鑑：空と天気の不思議がわかる―まなびのずかん」 筆保弘徳 監修・著；岩槻秀明；今井明子 著 技術評論社 2014年9月【学習支援本】

「職場体験完全ガイド 43」 ポプラ社編集 ポプラ社 2015年4月【学習支援本】

「シラー小伝」 相原隆夫著 近代文藝社 2015年9月【学習支援本】

「親子で学びたい二宮金次郎伝：不運を幸運に変える生き方・考え方」　三戸岡道夫著　致知出版社　2015年10月【学習支援本】

「気象予報士・予報官になるには―なるにはBOOKS；144」　金子大輔著　ぺりかん社　2016年6月【学習支援本】

「10代のための仕事図鑑 = The career guide for teenagers：未来の入り口に立つ君へ」　大泉書店編集部編　大泉書店　2017年4月【学習支援本】

「キャリア教育に活きる!仕事ファイル：センパイに聞く 8」　畠山重篤著;スギヤマカナヨ絵　小峰書店　2018年4月【学習支援本】

「未来のお仕事入門 = MANGA FUTURE CAREER PRIMER」　東園子まんが　学研プラス（学研まんが入門シリーズミニ）　2018年8月【学習支援本】

「大人になったらしたい仕事：「好き」を仕事にした35人の先輩たち 2」　朝日中高生新聞編集部編著　朝日学生新聞社　2018年10月【学習支援本】

「天文学者―世界をうごかした科学者たち」　ゲリー・ベイリー文;本郷尚子訳　ほるぷ出版　2019年1月【学習支援本】

「すごすぎる天気の図鑑 = The Amazing Visual Dictionary of the Weather：空のふしぎがすべてわかる!」　荒木健太郎著　KADOKAWA　2021年4月【学習支援本】

「みあげてみようそらのなぞ―ドラえもんのプレ学習シリーズ. ドラえもんの不思議はじめて挑戦：天気・気象・宇宙」　藤子・F・不二雄キャラクター原作;白數哲久監修　小学館　2021年7月【学習支援本】

「ふしぎなお天気のいろいろ：お天気キャスターが教える」　小林正寿著　repicbook　2021年9月【学習支援本】

天文学者

宇宙にある星や惑星、銀河などを研究する仕事です。大きな望遠鏡や特別なカメラを使って、遠くの星の位置や動きを観察し、宇宙の仕組みを調べます。また、宇宙でどのように星が生まれ、どのように消えていくのか、地球以外に生命が存在する可能性があるかなど、たくさんの謎を解き明かそうとしています。天文学者の研究は、宇宙の歴史や未来について理解を深め、私たちが宇宙を知るための大切な役割を担っています。

▶ お仕事について詳しく知るには

「人がつなげる科学の歴史 2」 ジョン・ファンドン著 文溪堂 2010年2月【学習支援本】

「宇宙環境動物のしごと：人気の職業早わかり!」 PHP研究所編 PHP研究所 2010年12月【学習支援本】

「星空に魅せられた男間重富—くもんの児童文学」 鳴海風作;高山ケンタ画 くもん出版 2011年3月【学習支援本】

「ヒラメキ公認ガイドブックようこそ宇宙へ」 リサ・スワーリング;ラルフ・レイザーイラスト;キャロル・ストット文;伊藤伸子訳 化学同人 2011年12月【学習支援本】

「恒星・銀河系内：天文・宇宙の科学」 渡部潤一著 大日本図書 2012年2月【学習支援本】

「こども大図鑑宇宙」 キャロル・ストット著;ジャクリーン・ミットン監修;梶山あゆみ訳;ネイチャー・プロ編集室日本語版編集 河出書房新社 2012年5月【学習支援本】

「宇宙就職案内」 林公代著 筑摩書房（ちくまプリマー新書） 2012年5月【学習支援本】

「科学のふしぎなぜ?どうして?4年生」 村山哲哉監修;大野正人原案・執筆 高橋書店 2014年3月【学習支援本】

「宇宙人に会いたい!：天文学者が探る地球外生命のなぞ—科学ノンフィクション」 平林久著 学研教育出版 2014年7月【学習支援本】

「宇宙を仕事にしよう!—14歳の世渡り術」 村沢譲著 河出書房新社 2016年11月【学習支援本】

「キャリア教育支援ガイドお仕事ナビ 15」 お仕事ナビ編集室著 理論社 2018年1月【学習支援本】

「世界を変えた100人の女の子の物語：グッドナイトストーリーフォーレベルガールズ」　エレナ・ファヴィッリ文;フランチェスカ・カヴァッロ文;芹澤恵訳;高里ひろ訳　河出書房新社　2018年3月【学習支援本】

「14歳からの宇宙論」　佐藤勝彦著;益田ミリマンガ　河出書房新社（河出文庫）　2019年8月【学習支援本】

「キャリア教育に活きる!仕事ファイル：センパイに聞く 30」　小峰書店編集部編著　小峰書店　2021年4月【学習支援本】

宇宙物理学者

宇宙の仕組みや不思議な現象について研究する仕事で、星や銀河、ブラックホールなど、宇宙にあるものがどのように動き、どんな力が働いているのかを調べます。例えば、星が光る理由や、ブラックホールに物が吸い込まれる理由など、宇宙の謎を解き明かすために、数学や物理の知識を使って研究します。こうした研究は、私たちが宇宙の始まりや未来について知る手がかりとなり、宇宙への理解を深めるための大切な役割を担っています。

▶お仕事について詳しく知るには

「宇宙環境動物のしごと：人気の職業早わかり!」　PHP研究所編　PHP研究所　2010年12月【学習支援本】

「宇宙の話をしよう = Tales of the Cosmic Voyage」　小野雅裕作;利根川初美絵　SBクリエイティブ　2020年11月【学習支援本】

「スティーブン・ホーキング：ブラックホールの謎に挑んだ科学者の物語」　キャスリーン・クラル文;ポール・ブルワー文;ボリス・クリコフ絵;さくまゆみこ訳　化学同人　2021年6月【学習支援本】

ロケット開発者

宇宙に行くためのロケットを作る仕事です。まず、ロケットが安全に宇宙に飛び立てるように、エンジンの力や形、材料を工夫して設計します。ロケットが地球の重力を超えて宇宙に到達するには強いパワーが必要で、そのためのエンジンや燃料の調整はとても大切です。また、発射から着陸までのシステムも考えて、どんな状況でもうまく動くようにテストします。ロケット開発者の仕事のおかげで、私たちは新しい宇宙の探検や科学技術の進歩を実現できるのです。

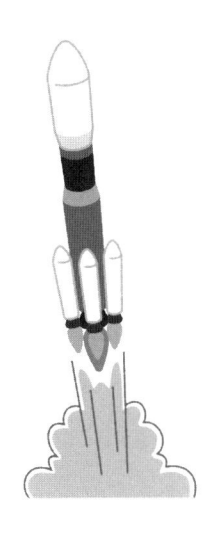

▶ お仕事について詳しく知るには

「宇宙環境動物のしごと：人気の職業早わかり!」 PHP研究所編　PHP研究所　2010年12月【学習支援本】

「宇宙ロケットのしくみ：人類が宇宙に行くための唯一の手段—子供の科学・サイエンスブックス」 的川泰宣著　誠文堂新光社　2011年1月【学習支援本】

「宇宙就職案内」 林公代著　筑摩書房（ちくまプリマー新書）　2012年5月【学習支援本】

「宇宙・天文で働く」 本田隆行著　ぺりかん社（なるにはBOOKS）　2018年10月【学習支援本】

「宇宙のがっこう」 JAXA宇宙教育センター監修;NHK出版編　NHK出版　2020年7月【学習支援本】

「こども手に職図鑑：AIに取って代わられない仕事100：一生モノの職業が一目でわかるマップ付」 子供の科学と手に職図鑑編集委員会編　誠文堂新光社　2020年11月【学習支援本】

天文台

星や惑星、宇宙のさまざまな現象を観察
するための特別な施設です。ここには
巨大な望遠鏡があり、遠く離れた星や
銀河を観察することができます。天文台
が高い山の上や人里離れた場所に建て
られることが多いのは、街の明かりが少

なく空気が澄んでいて、星がよく見えるからです。天文学者は、この
望遠鏡を使って、星の動きや光の変化を詳しく調べています。天文台
での観察によって、私たちは宇宙の謎を解き明かし、もっと宇宙のこと
を知れるのです。

▶ お仕事について詳しく知るには

「10代のための仕事図鑑 = The career guide for teenagers : 未来の入り口に立つ君へ」
大泉書店編集部編　大泉書店　2017年4月【学習支援本】

「宇宙図鑑 新装版」　藤井旭著　ポプラ社　2018年4月【学習支援本】

「星空図鑑 新装版」　藤井旭著　ポプラ社　2018年4月【学習支援本】

▶ お仕事の様子をお話で読むには

「西はりま天文台には宇宙人がいた = An alien lived in Nishi-Harima Astronomical
Observatory」　みかみさちこ詩・絵　海青社　2020年12月【絵本】

プラネタリウム

星空や宇宙の様子を室内で楽しみ、宇宙について学ぶことができる施設です。ドーム型の天井に星や惑星の映像が映し出され、まるで本物の夜空を見ているかのように感じられます。また、星座の説明や宇宙の仕組みについての解説もあり、星や宇宙に関する知識を学ぶこ

とができる他、四季ごとの星空や、ふだんは見られない遠くの銀河や惑星の様子も体験できるので、宇宙への興味が広がります。

▶ お仕事について詳しく知るには

「宇宙環境動物のしごと：人気の職業早わかり!」 PHP研究所編 PHP研究所 2010年12月【学習支援本】

「小さくても大きな日本の会社力 5 (聞いてみよう!思いをかたちにする会社)」 こどもくらぶ編;坂本光司監修 同友館 2011年10月【学習支援本】

「伝記人物ものがたりそのとき何歳?」 講談社編 講談社 2012年3月【学習支援本】

「日食観測ガイド：観察ブック 2012 (2012年5月21日日本で広範囲の金環日食)—ニューワイド学研の図鑑」 藤井旭監修 学研教育出版 2012年3月【学習支援本】

「科学感動物語 4」 学研教育出版編集 学研教育出版 2013年2月【学習支援本】

「仕事発見!生きること働くことを考える = Think about Life & Work」 毎日新聞社 著 毎日新聞社 2013年5月【学習支援本】

「星は友だち!はじめよう星空観察」 永田美絵著 NHK出版 2015年1月【学習支援本】

「星と星座—講談社の動く図鑑MOVE」 渡部潤一監修 講談社 2015年6月【学習支援本】

「100円グッズで完成!楽しい!工作編：自由研究にもピッタリ! 新装版—100円グッズでできる工作&実験ブック；3」 工作・実験工房著 理論社 2015年7月【学習支援本】

「よむプラネタリウム夏の星空案内」 野崎洋子文;中西昭雄写真 アリス館 2016年6月【学習支援本】

「よむプラネタリウム秋の星空案内」 野崎洋子文;中西昭雄写真 アリス館 2016年9月【学習支援本】

「よむプラネタリウム冬の星空案内」 野崎洋子文;中西昭雄写真 アリス館 2016年11月

【学習支援本】

「太陽系のふしぎ109：プラネタリウム解説員が答える身近な宇宙のなぜ」 永田美絵著;髙柳雄一監修;八板康麿ほか写真 偕成社 2016年12月【学習支援本】

「よむプラネタリウム春の星空案内」 野崎洋子文;中西昭雄写真 アリス館 2017年2月【学習支援本】

「10代のための仕事図鑑 = The career guide for teenagers : 未来の入り口に立つ君へ」 大泉書店編集部編 大泉書店 2017年4月【学習支援本】

「キャリア教育支援ガイドお仕事ナビ 15」 お仕事ナビ編集室著 理論社 2018年1月【学習支援本】

「まんが★プラネタリウム星座と神話 1」 藤井旭監修 学研プラス 2018年2月【学習支援本】

「まんが★プラネタリウム星座と神話 2」 藤井旭監修 学研プラス 2018年2月【学習支援本】

「まんが★プラネタリウム星座と神話 3」 藤井旭監修 学研プラス 2018年2月【学習支援本】

「まんが★プラネタリウム星座と神話 4」 藤井旭監修 学研プラス 2018年2月【学習支援本】

「まんが★プラネタリウム星座と神話 5」 藤井旭監修 学研プラス 2018年2月【学習支援本】

「星空を届けたい：出張プラネタリウム、はじめました!」 髙橋真理子文;早川世詩男絵 ほるぷ出版 2018年7月【学習支援本】

「宇宙・天文で働く」 本田隆行著 ぺりかん社（なるにはBOOKS ） 2018年10月【学習支援本】

「ザ・裏方：キャリア教育に役立つ! 1 フレーベル館 2018年11月【学習支援本】

「星空をつくるプラネタリウム・クリエーター大平貴之—文研じゅべにーる.ノンフィクション」 楠章子作 文研出版 2020年8月【学習支援本】

「宇宙の話をしよう = Tales of the Cosmic Voyage」 小野雅裕作;利根川初美絵 SBクリエイティブ 2020年11月【学習支援本】

「キャリア教育に活きる!仕事ファイル：センパイに聞く 30」 小峰書店編集部編著 小峰書店 2021年4月【学習支援本】

「リラックマと星空かんさつ」 渡部潤一監修;サンエックス監修 リベラル社 2021年7月【学習支援本】

▶ お仕事の様子をお話で読むには

「おばけのマールとふしぎなかがくかん」 なかいれいえ;けーたろうぶん 中西出版 2014年4月【絵本】

「星のカンタータ—日本の児童文学よみがえる名作」 三木卓作;池田龍雄絵 理論社 2010

年2月【児童文学】

「スペース合宿へようこそ―文研じゅべにーる」 山田亜友美作;末崎茂樹絵　文研出版 2018年8月【児童文学】

「RIGHT×LIGHT 9 (終わる宴と緑翼の宣告者)」 ツカサ著　小学館（ガガガ文庫）　2010年5月【ライトノベル・ライト文芸】

「三軒茶屋星座館 1 (冬のオリオン)」 柴崎竜人著　講談社（講談社文庫）　2016年2月【ライトノベル・ライト文芸】

「三軒茶屋星座館 2」 柴崎竜人著　講談社（講談社文庫）　2016年3月【ライトノベル・ライト文芸】

「星降プラネタリウム」 美奈川護著　KADOKAWA（角川文庫）　2018年4月【ライトノベル・ライト文芸】

「三軒茶屋星座館 3」 柴崎竜人著　講談社（講談社文庫）　2019年4月【ライトノベル・ライト文芸】

「三軒茶屋星座館 4」 柴崎竜人著　講談社（講談社文庫）　2019年5月【ライトノベル・ライト文芸】

4

乗りものや宇宙に
かかわる知識

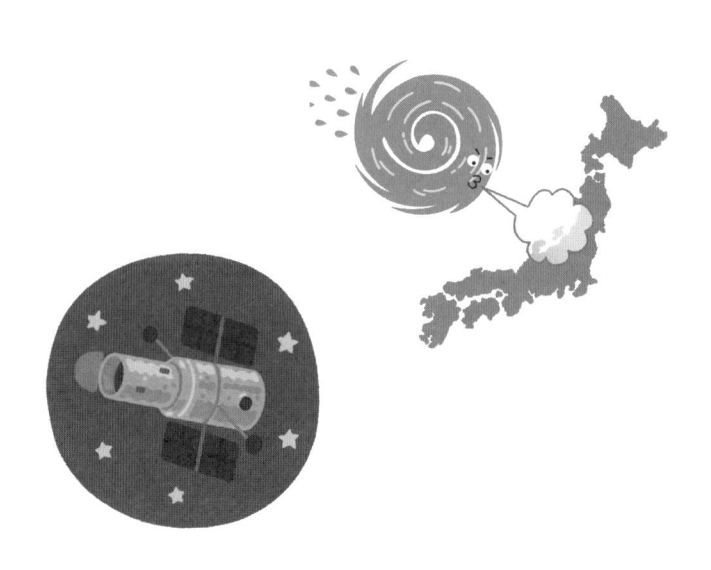

交通システム

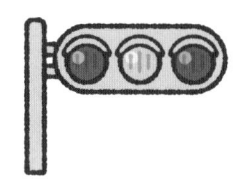

人や物が安全で便利に移動できるようにするための、私たちの生活に欠かせない大切な仕組みです。私たちが使う電車やバス、車、飛行機など、さまざまな乗りものが、交通システムの一部です。交通システムには、道路や線路、信号機、駅や空港なども含まれており、これらがうまく連携することで、混雑や事故を減らし、みんながスムーズに移動できるようになります。また、交通システムを管理する人たちがいて、トラブルがあったときには安全に対応できるようにしています。

▶お仕事について詳しく知るには

「駅で働く人たち：しごとの現場としくみがわかる!―しごと場見学!」 浅野恵子著　ぺりかん社　2010年1月【学習支援本】

「電車いっぱい図鑑：いろいろ400 新版―チャイルドブックこども百科」 井上廣和監修 チャイルド本社　2014年12月【学習支援本】

「町の電車―こども絵本エルライン；5」 小賀野実写真・文　JTBパブリッシング　2015年11月【学習支援本】

「鉄道ずかん―こども絵本エルライン；2」 小賀野実写真・文　JTBパブリッシング　2015年11月【学習支援本】

「ITソリューション会社図鑑：未来をつくる仕事がここにある」 野村総合研究所監修;青山邦彦絵;日経BPコンサルティング編集　日経BPコンサルティング　2016年4月【学習支援本】

「めざせ鉄道博士!日本全国鉄道路線地図：完全版：子供鉄道ファン必読!!」 地理情報開発編　永岡書店　2016年5月【学習支援本】

「江戸のお店屋さん その3」 藤川智子作 ほるぷ出版 2016年12月【学習支援本】

「鉄道―学研の図鑑LIVE；13」 海老原美宜男監修　学研プラス　2016年12月【学習支援本】

「てつどうスーパーずかん2237」 最強のりものヒーローズ編集部特別編　学研プラス 2017年1月【学習支援本】

「電車100点」 オフィス303編集　講談社（講談社のアルバムシリーズ．のりものアルバム〈新〉） 2018年1月【学習支援本】

「のりもの2000プラス：完全保存版」 小賀野実監修・写真　ポプラ社　2018年7月【学習支援本】

「日本鉄道地図鑑：電車を見よう!撮ろう!乗ろう!：日本の鉄道のすべてがわかる決定版!」

地理情報開発編　平凡社　2018年10月【学習支援本】

「おおさかの電車大百科：関西圏を走るカラフルな電車たち」「旅と鉄道」編集部編　天夢人　2018年12月【学習支援本】

「新しいでんしゃいっぱい図鑑：いろいろ400 第4版」　井上廣和監修　チャイルド本社（チャイルドブックこども百科）　2018年12月【学習支援本】

「JSEC junior：未来の科学技術を考える入試にも役立つ教材 vol.4(2019)」　朝日新聞社教育総合本部編集　朝日新聞社（今解き教室サイエンス）　2019年9月【学習支援本】

「みんなが知りたい!鉄道のすべて：この一冊でしっかりわかる—まなぶっく」「鉄道のすべて」編集室著　メイツユニバーサルコンテンツ　2020年3月【学習支援本】

「東京の電車に乗ろう!：JR・私鉄・地下鉄の電車と駅が大集合! 2版—まっぷるキッズ」　山崎宏之　昭文社　2021年7月【学習支援本】

〜〜〜〜〜〜〜〜〜〜〜〜〜〜〜〜〜〜〜〜〜〜〜〜〜

宇宙生物学
（うちゅうせいぶつがく）

宇宙に生命が存在するか、どのように生まれるのか、ということを研究する学問で、生命の謎を解き明かすワクワクするような研究です。地球では、水や酸素があるために生命が誕生しましたが、宇宙生物学者は、宇宙にも似た環境のある星がないか探しています。例えば、火星や土星の衛星など、生命がいるかもしれない星を調べたり、極限の環境でも生きられる微生物を研究したりしています。もし宇宙に他の生命が見つかれば、地球上の生命をもっと深く理解できるかもしれません。

▶ お仕事について詳しく知るには

「ぼくが宇宙人をさがす理由」　鳴沢真也著　旬報社　2012年8月【学習支援本】

「発見!?宇宙生物」　北村雄一作　汐文社　2015年11月【学習支援本】

「大追跡!宇宙と生命の謎：地球外生命はいるのか!?—講談社のマンガ図鑑MOVE COMICS NEXT」　白井三二朗漫画;田村元秀監修　講談社　2017年11月【学習支援本】

「地球以外に生命を宿す天体はあるのだろうか?—岩波ジュニアスタートブックス」　佐々木貴教著　岩波書店　2021年5月【学習支援本】

気象学

天気や気候の仕組みを研究する学問で、自然と向き合い、天気を理解するための大切な学問です。気象学者は、空の雲の動きや風、雨、気温などを調べ、どのように天気が変わるかを予測しています。そのために、気象衛星やレーダー、コンピュータを使って、たくさんのデータを集めて分析します。これによって、台風や大雪、暑さや寒さの原因を見つけたり、災害を防ぐための情報を提供したりします。気象学のおかげで、私たちは日々の天気を知り、生活や安全への準備ができるのです。

▶お仕事について詳しく知るには

「実践!体験!みんなでストップ温暖化 1 (調べて発表!温暖化のしくみ)」 住明正 監修 学研教育出版 学研マーケティング (発売) 2011年2月【学習支援本】

「実践!体験!みんなでストップ温暖化 2 (現場を見学!日本と世界のエコ対策)」 住明正 監修 学研教育出版 学研マーケティング (発売) 2011年2月【学習支援本】

「実践!体験!みんなでストップ温暖化 3 (実験でわかる!環境問題とエネルギー)」 住明正 監修 学研教育出版 学研マーケティング (発売) 2011年2月【学習支援本】

「実践!体験!みんなでストップ温暖化 4 (地域と家庭で!地球を守るエコ活動)」 住明正 監修 学研教育出版 学研マーケティング (発売) 2011年2月【学習支援本】

「実践!体験!みんなでストップ温暖化 5 (学校でやろう!ストップ温暖化)」 住明正 監修 学研教育出版 学研マーケティング (発売) 2011年2月【学習支援本】

「気象予報士わぴちゃんのお天気観察図鑑 雲と空 図書館版」 岩槻秀明 著 いかだ社 2012年4月【学習支援本】

「科学感動物語 3 学研教育出版 学研マーケティング (発売) 2013年2月【学習支援本】

「気象学 : 天気は友だち!ー科学キャラクター図鑑」 サイモン・バシャー 絵;ダン・グリーン 文;藤田千枝 訳 玉川大学出版部 2013年4月【学習支援本】

「天気ハカセになろう : 竜巻は左巻き?」 木村龍治 著 岩波書店 (岩波ジュニア新書) 2013年5月【学習支援本】

「気象の図鑑 : 空と天気の不思議がわかるーまなびのずかん」 筆保弘徳 監修・著;岩槻秀明;

今井明子 著　技術評論社　2014年9月【学習支援本】

「竜巻のクライシス―科学学習まんがクライシス・シリーズ」　ひきの真二まんが;三条和都ストーリー　小学館　2016年7月【学習支援本】

「見えない大気を見る：身近な天気から、未来の気候まで―くもんジュニアサイエンス」　日下博幸 著　くもん出版　2016年11月【学習支援本】

「Mr.トルネード航空事故を激減させた気象学者藤田哲也」　佐々木健一 著　小学館　2017年8月【学習支援本】

「タイムマシンって実現できる?：理系脳をきたえる!はじめての相対性理論と量子論―子供の科学★ミライサイエンス」　二間瀬敏史 監修　誠文堂新光社　2019年7月【学習支援本】

「科学者の目 新版」　かこさとし 文と絵　童心社　2019年7月【学習支援本】

「気象キャラクター図鑑：天気のヒミツがめちゃくちゃわかる!」　筆保弘徳 監修;いとうみつる イラスト　日本図書センター　2019年10月【学習支援本】

「目で見るSDGs時代の異常気象のしくみ」　ジュディス・ラルストン; フレイザー・ラルストン 著;片神貴子 訳　さ・え・ら書房　2021年3月【学習支援本】

「すごすぎる天気の図鑑 = The Amazing Visual Dictionary of the Weather：空のふしぎがすべてわかる!」　荒木健太郎 著　KADOKAWA　2021年4月【学習支援本】

無線技術

電波を使って、線やケーブルがなくても情報を伝える技術です。例えば、テレビやラジオ、スマートフォンは、無線技術を使って音や映像、データを受け取っています。無線技術では、特別な機械で電波を送り、受信機がそれをキャッチすることで、遠く離れた場所でも会話や情報のやり取りができます。また、無線は山や海など、ケーブルを使いにくい場所でも便利です。この技術のおかげで、私たちは通信やインターネットを通じて世界中と簡単につながることができるのです。

宇宙開発

宇宙のことをもっと知るために、ロケットや人工衛星、宇宙探査機を使って宇宙に行く活動のことです。宇宙開発のおかげで、私たちは地球の外にある星や惑星、宇宙の環境を調べることができます。例えば、火星に探査機を送って地面や大気を調べたり、月に宇宙飛行士を送り込んだりしています。さらに、人工衛星は地球の周りを回りながら、天気を観測したり、通信やGPSの役割を果たしたりしています。宇宙開発は、将来もっと遠い宇宙へ行くための技術や知識を広げるためにも、大切な活動です。

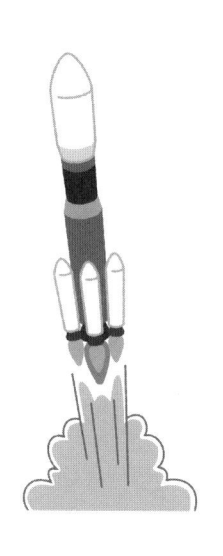

▶お仕事について詳しく知るには

「みんなの宇宙授業」 中川人司;中川沙矢佳著;佐藤諭まんが くもん出版 2010年6月【学習支援本】

「ドラえもん科学ワールド宇宙の不思議―ビッグ・コロタン;114」 藤子・F・不二雄まんが;小学館ドラえもんルーム編;藤子プロ;日本科学未来館監修 小学館 2010年8月【学習支援本】

「瑠璃色の星:宇宙から伝える心のメッセージ」 山崎直子著 世界文化社 2010年8月【学習支援本】

「帰ってきた「はやぶさ」:小惑星探査機7年60億キロの旅」 今泉耕介作 ハート出版 2010年12月【学習支援本】

「日本の宇宙技術―世界にはばたく日本力」 こどもくらぶ編さん ほるぷ出版 2011年1月【学習支援本】

「宇宙がきみを待っている」 若田光一;岡田茂著 汐文社 2011年4月【学習支援本】

「科学者を目指したくなる!おもしろ科学実験&知識ブック 3巻 (最新科学を学べ!おどろき!科学知識ブック) 教育画劇 2011年4月【学習支援本】

「飛べ!「はやぶさ」:小惑星探査機60億キロ奇跡の大冒険―科学ノンフィクション」 松浦晋也文 学研教育出版 2011年4月【学習支援本】

「小惑星探査機はやぶさくんの冒険:7年間の奇跡!―学習漫画SCIENCE」 柊ゆたか漫画;黒

沢翔シナリオ;小野瀬直美;奥平恭子原作;吉川真監修　集英社　2011年6月【学習支援本】

「はやぶさものがたり」　今井なぎさ文;すがのやすのり絵　コスモピア　2011年7月【学習支援本】

「はやぶさ君の冒険日誌」　小野瀬直美著;寺薗淳也監修　毎日新聞社　2011年7月【学習支援本】

「名探偵コナン理科ファイル星と星座の秘密―小学館学習まんがシリーズ. 名探偵コナンの学習シリーズ」　青山剛昌原作;金井正幸まんが;ガリレオ工房監修　小学館　2011年7月【学習支援本】

「「はやぶさ」がとどけたタイムカプセル：7年、60億キロの旅」　山下美樹文;的川泰宣監修　文溪堂　2011年10月【学習支援本】

「おかえりなさいはやぶさ：2592日の宇宙航海記」　吉川真監修　講談社　2011年12月【学習支援本】

「月へ：アポロ11号のはるかなる旅」　ブライアン・フロッカ作・絵;日暮雅通訳　偕成社　2012年2月【学習支援本】

「星と宇宙がわかる本：学校の理科から最新の話題まで! 2」　縣秀彦監修　学研教育出版　2012年2月【学習支援本】

「ビジュアル宇宙をさぐる! 5（これからの宇宙開発）」　渡部潤一監修　ポプラ社　2012年3月【学習支援本】

「宇宙開発―天文・宇宙の科学」　山田陽志郎著　大日本図書　2012年3月【学習支援本】

「的川博士の銀河教室」　的川泰宣著　毎日新聞社　2012年3月【学習支援本】

「こども大図鑑宇宙」　キャロル・ストット著;ジャクリーン・ミットン監修;梶山あゆみ訳;ネイチャー・プロ編集室日本語版編集　河出書房新社　2012年5月【学習支援本】

「宇宙就職案内」　林公代著　筑摩書房（ちくまプリマー新書）　2012年5月【学習支援本】

「宇宙の技術大研究：暮らしに生かされている：体温計・寝具からカーナビまで」　山崎直子監修;どりむ社編集　PHP研究所　2012年6月【学習支援本】

「星のかけらを採りにいく：宇宙塵と小惑星探査」　矢野創著　岩波書店（岩波ジュニア新書）　2012年6月【学習支援本】

「ヒラメキ公認ガイドブック世界中を探検しよう」　リサ・スワーリングイラスト;ラルフ・レイザーイラスト;ピーター・クリスプ文;伊藤伸子訳　化学同人　2012年7月【学習支援本】

「100の知識宇宙をさぐる」　スティーブ・パーカー著;渡辺政隆日本語版監修　文研出版　2012年8月【学習支援本】

「アトラスキッズ宇宙地図：3Dしかけ図鑑 改訂新版」　ロビン・スキャゲル著;渡部潤一監修;椿正晴訳　主婦の友社　2012年8月【学習支援本】

「小惑星探査機「はやぶさ」大図鑑」　川口淳一郎監修;池下章裕CGイラストレーション　偕成社　2012年8月【学習支援本】

「100の知識空を飛ぶ」　スー・ベックレイク著;渡辺政隆日本語版監修　文研出版　2012年10月【学習支援本】

「宇宙―講談社の動く図鑑MOVE」　渡部潤一監修　講談社　2012年11月【学習支援本】

「見てみよう!挑戦してみよう!社会科見学・体験学習 3 (牧場・博物館・科学館・ミュージアム)」　国土社編集部編　国土社　2013年3月【学習支援本】

「町工場の底力 1 (宇宙開発をささえる)」　こどもくらぶ編さん　かもがわ出版　2013年9月【学習支援本】

「UFOと地球外文明の謎―ほんとうにあった!?世界の超ミステリー；7」　並木伸一郎監修　ポプラ社　2014年2月【学習支援本】

「宇宙の生活大研究 : 人類は火星でくらせるの?―楽しい調べ学習シリーズ」　渡辺勝巳監修　PHP研究所　2014年2月【学習支援本】

「世界にほこる日本の先端科学技術 4 (宇宙・深海・極地への挑戦!)」　法政大学自然科学センター監修;こどもくらぶ編　岩崎書店　2014年2月【学習支援本】

「宇宙のなぞ―見たい!知りたい!フロンティア探検；3」　こどもくらぶ編　WAVE出版　2014年3月【学習支援本】

「長沼毅の世界は理科でできている 宇宙」　長沼毅監修　ほるぷ出版　2014年3月【学習支援本】

「宇宙飛行士になるには―なるにはBOOKS；109」　漆原次郎著　ぺりかん社　2014年6月【学習支援本】

「宇宙りょこうへでかけるえほん = A Picture Book of Travel to Space. : Let's go to Space together!」　斎藤紀男監修;てづかあけみ作・絵;村田ひろこ文・デザイン協力　パイインターナショナル　2014年7月【学習支援本】

「新しい宇宙のひみつQ&A」　的川泰宣著　朝日新聞出版　2014年7月【学習支援本】

「宇宙―学研の図鑑LIVE；4」　吉川真監修;縣秀彦監修　学研教育出版　2014年9月【学習支援本】

「とびだす宇宙 : スーパー3Dメガネで見よう!」　渡部潤一監修;渡部好恵文　小学館クリエイティブ　2014年11月【学習支援本】

「「研究室」に行ってみた。」　川端裕人著　筑摩書房(ちくまプリマー新書)　2014年12月【学習支援本】

「学研まんがNEW世界の歴史 12」　近藤二郎監修　学研プラス　2016年2月【学習支援本】

「宇宙を仕事にしよう!―14歳の世渡り術」　村沢譲著　河出書房新社　2016年11月【学習支援本】

「30秒でわかる宇宙 : 世界の子どもの?に答える」　クライブ・ギフォード著;マイク・ゴールドスミス監修;原田勝訳　三省堂　2017年1月【学習支援本】

「「あかつき」一番星のなぞにせまれ!」　山下美樹文;中村正人監修;佐藤毅彦監修　文溪堂　2017年9月【学習支援本】

「種子島ロケット打ち上げ = TANEGASHIMA ROCKET LIFTOFF : 組み立てから飛びたつまでパノラマページつき!―たんけん絵本」　濱美由紀作画　小学館　2017年11月【学習支援本】

「大人になったらしたい仕事：「好き」を仕事にした35人の先輩たち 2」 朝日中高生新聞編集部編著 朝日学生新聞社 2018年10月【学習支援本】

「宇宙の話をしよう = Tales of the Cosmic Voyage」 小野雅裕作;利根川初美絵 SBクリエイティブ 2020年11月【学習支援本】

「世界の歴史 19—角川まんが学習シリーズ」 羽田正監修 KADOKAWA 2021年2月【学習支援本】

「歴史を変えた科学・技術100：マンガ年表 上」 学研プラス編集 学研プラス 2021年2月【学習支援本】

「アニメおさるのジョージちしきえほんうちゅうへいこう」 マーガレット・レイ原作;ハンス・アウグスト・レイ原作;モニカ・ペレス翻案;クレイグ・ミラーテレビアニメ脚本;ジョー・ファロンテレビアニメ脚本;山北めぐみ訳 金の星社 2021年3月【学習支援本】

「宇宙ロケット図鑑：ロケットや探査機が大集合!」 吉川真監修 成美堂出版 2021年3月【学習支援本】

「キャリア教育に活きる!仕事ファイル：センパイに聞く 30」 小峰書店編集部編著 小峰書店 2021年4月【学習支援本】

「「はやぶさ2」リュウグウからの玉手箱」 山下美樹文;津田雄一監修 文溪堂 2021年5月【学習支援本】

「世界史探偵コナン：名探偵コナン歴史まんが 12—CONAN HISTORY COMIC SERIES」 青山剛昌原作 小学館 2021年5月【学習支援本】

「NHK子ども科学電話相談 [13]」 NHK「子ども科学電話相談」制作班編 NHK出版 2021年6月【学習支援本】

「基礎からしっかりわかるカンペキ!小学理科 第2版—まなびのずかん」 理科教育研究会著;小川眞士監修 技術評論社 2021年7月【学習支援本】

「人類がもっと遠い宇宙へ行くためのロケット入門」 小泉宏之著 インプレス 2021年7月【学習支援本】

「「はやぶさ2」のはるかな旅 = Asteroid Explorer "Hayabusa2"：史上初の挑戦とチームワーク—ビッグコロタン；183」 的川泰宣監修 小学館 2021年10月【学習支援本】

「図解でわかる14歳からの宇宙活動計画」 インフォビジュアル研究所著 太田出版 2021年11月【学習支援本】

「地球を飛び出せ!宇宙探査：「はやぶさ2」、太陽系惑星、有人ミッションを一気に解説!—子供の科学サイエンスブックスNEXT」 荒舩良孝著;的川泰宣監修 誠文堂新光社 2021年12月【学習支援本】

宇宙ステーション、宇宙船

地球から遠く離れた宇宙で使われる特別な
乗りものや施設です。宇宙船は宇宙飛行士や
実験道具を地球から運ぶために作られ、地球
に帰ることもできるようになっています。
宇宙ステーションは地球の周りをぐるぐる
回る巨大な「空飛ぶ研究所」のようなもので、
宇宙飛行士が長い間暮らしながら、宇宙で

の生活や地球ではできない実験を行います。これらの技術のおかげで、
私たちは宇宙の秘密を少しずつ知ることができるのです。

▶お仕事について詳しく知るには

「宇宙探査機・ロケット―最先端ビジュアル百科「モノ」の仕組み図鑑；1」 スティーブ・パーカー著;上原昌子訳 ゆまに書房 2010年5月【学習支援本】

「宇宙飛行士の若田さんと学ぶおもしろ宇宙実験」 日経ナショナルジオグラフィック社編 日経ナショナルジオグラフィック社 2010年8月【学習支援本】

「宇宙がきみを待っている」 若田光一;岡田茂著 汐文社 2011年4月【学習支援本】

「ビジュアル宇宙をさぐる!5（これからの宇宙開発）」 渡部潤一監修 ポプラ社 2012年3月【学習支援本】

「ふしぎ?おどろき!科学のお話 3年生」 ガリレオ工房監修;滝川洋二監修 ポプラ社（ポプラポケット文庫） 2012年3月【学習支援本】

「宇宙飛行士若田光一物語―小学館学習まんがシリーズ」 上川敦志まんが 小学館 2012年3月【学習支援本】

「ぼくがHTVです：宇宙船「こうのとり」のお話」 ひさまるちゃん絵・文;田邊宏太技術解説;葛西徹技術解説;佐々木宏監修;内山崇監修;高田真一監修;宇宙航空研究開発機構編 日経印刷 2012年5月【学習支援本】

「宇宙おもしろ実験図鑑：おどろきの連続!：ひとり野球から紙飛行機まで」 PHP研究所編 PHP研究所 2012年5月【学習支援本】

「宇宙兄弟-アニメでよむ宇宙たんけんブック-」 講談社編;小山宙哉原作;林公代監修・文 講談社 2012年8月【学習支援本】

「大解明!!宇宙飛行士 VOL.1（活躍の歴史）」 渡辺勝巳監修;岡田茂著 汐文社 2013年1月【学習支援本】

「大解明!!宇宙飛行士 VOL2 (訓練)」 渡辺勝巳監修;岡田茂著 汐文社 2013年3月【学習支援本】

「大解明!!宇宙飛行士 VOL3 (生活のひみつ)」 渡辺勝巳監修;岡田茂著 汐文社 2013年3月【学習支援本】

「もしも宇宙でくらしたら—知ることって、たのしい! ; 2」 山本省三作;村川恭介監修 WAVE出版 2013年6月【学習支援本】

「ミラクル・タイム・アドベンチャー : ゲームブック 3 (かぐや姫と宇宙船のなぞ)」 藤浪智之作;速水螺旋人絵 ポプラ社 2013年11月【学習支援本】

「宇宙飛行士入門—入門百科+ ; 13」 渡辺勝巳監修 小学館 2014年6月【学習支援本】

「クレヨンしんちゃんのまんが宇宙の旅わくわく図鑑 : 写真とマンガでよ〜くわかる!—クレヨンしんちゃんのなんでも百科シリーズ」 臼井儀人キャラクター原作;渡部潤一監修;造事務所編集・構成 双葉社 2014年7月【学習支援本】

「宇宙への夢、力いっぱい!—PHP心のノンフィクション」 若田光一著;高橋うらら著 PHP研究所 2014年12月【学習支援本】

「宇宙探査の歴史 : &宇宙の起源にせまる21のアクティビティ—ジュニアサイエンス」 MARYKAYCARSON著;谷口義明監訳;鈴木将訳;鈴木理訳 丸善出版 2016年2月【学習支援本】

「世界がおどろいた!のりものテクノロジー宇宙機の進化」 トム・ジャクソン文;市川克彦監修 ほるぷ出版 2016年3月【学習支援本】

「宇宙のふしぎなぜ?どうして?」 宮本英昭監修 高橋書店 2016年6月【学習支援本】

「宇宙のクライシス—科学学習まんがクライシス・シリーズ」 上川敦志まんが;三条和都ストーリー 小学館 2016年7月【学習支援本】

「やさしくわかる星とうちゅうのふしぎ 3」 渡辺勝巳監修 汐文社 2017年3月【学習支援本】

「うごかす!めくる!宇宙 : しかけいっぱい」 アンヌ・ソフィ・ボマン作;オリヴィエ・ラティク作;中村有以日本語版翻訳 パイインターナショナル 2017年4月【学習支援本】

「宇宙—手のひら図鑑 ; 10」 ジャクリーン・ミトン監修;伊藤伸子訳 化学同人 2017年4月【学習支援本】

「宇宙について知っておくべき100のこと—インフォグラフィックスで学ぶ楽しいサイエンス」 アレックス・フリス文;アリス・ジェームス文;ジェローム・マーティン文;フェデリコ・マリアーニイラスト;ショウ・ニールセンイラスト;竹内薫訳・監修 小学館 2017年7月【学習支援本】

「種子島ロケット打ち上げ = TANEGASHIMA ROCKET LIFTOFF : 組み立てから飛びたつまでパノラマページつき!—たんけん絵本」 濱美由紀作画 小学館 2017年11月【学習支援本】

「宇宙 新版」 池内了監修;大内正己指導・執筆;ほか指導・執筆 小学館(小学館の図鑑NEO） 2018年6月【学習支援本】

「おもしろくて、役に立たない!?へんてこりんな宇宙図鑑」 岩谷圭介文;柏原昇店絵 キノブックス 2018年11月【学習支援本】

「きみは宇宙飛行士!：宇宙食・宇宙のトイレまるごとハンドブック」 ロウイー・ストーウェル文;竹内薫監訳;竹内さなみ訳 偕成社 2018年12月【学習支援本】

「地球から宇宙をめざせ!」 アレクサンドラ・ミジェリンスカ文・絵;ダニエル・ミジェリンスキ文・絵;武井摩利訳;山崎直子日本語版監修 徳間書店 2019年6月【学習支援本】

「マックス宇宙ステーションへ行く：犬のマックスとの科学冒険」 ジェフリー・ベネット著;マイケル・キャロルイラスト;紺野市四郎訳 勉誠出版 2019年8月【学習支援本】

「星・星座のクイズ図鑑 新装版」 藤井旭監修 学研プラス（学研の図鑑LIVE） 2019年10月【学習支援本】

「よごされた地球たのしく学ぶ、これからの環境問題 1」 ロビン・ツイッディ著;小島亜佳莉訳 創元社 2019年12月【学習支援本】

「宇宙の話をしよう = Tales of the Cosmic Voyage」 小野雅裕作;利根川初美絵 SBクリエイティブ 2020年11月【学習支援本】

「宇宙飛行士は見た宇宙に行ったらこうだった!」 山崎直子著 repicbook 2020年12月【学習支援本】

「アニメおさるのジョージちしきえほんうちゅうへいこう」 マーガレット・レイ原作;ハンス・アウグスト・レイ原作;モニカ・ペレス翻案;クレイグ・ミラーテレビアニメ脚本;ジョー・ファロンテレビアニメ脚本;山北めぐみ訳 金の星社 2021年3月【学習支援本】

「宇宙ロケット図鑑：ロケットや探査機が大集合!」 吉川真監修 成美堂出版 2021年3月【学習支援本】

「キャリア教育に活きる!仕事ファイル：センパイに聞く 30」 小峰書店編集部編著 小峰書店 2021年4月【学習支援本】

「世界史探偵コナン：名探偵コナン歴史まんが 12―CONAN HISTORY COMIC SERIES」 青山剛昌原作 小学館 2021年5月【学習支援本】

「世界のふしぎ断面図鑑―輪切り図鑑クロスセクション」 リチャード・プラット文;スティーブン・ビースティー画;宮坂宏美訳 あすなろ書房 2021年7月【学習支援本】

「図解でわかる14歳からの宇宙活動計画」 インフォビジュアル研究所著 太田出版 2021年11月【学習支援本】

▶ お仕事の様子をお話で読むには

「しゅっぱーつ!」 山本祐司脚本・絵 童心社（ゴーゴー! のりものかみしばい） 2010年8月【紙芝居】

「イカロス君の大航海：絵本」 澤田弘崇監修・文;みみみみドイツイラスト;ゆうきよしなりイラスト;宇宙航空研究開発機構月・惑星探査プログラムグループ宇宙教育センター広報部編 日経印刷 2010年12月【絵本】

「ポポの宇宙船がくれたもの」　葉怡秀著　文芸社　2011年3月【絵本】

「おばけのうちゅうりょこう」　ジャック・デュケノワさく;大澤晶やく　ほるぷ出版　2011年5月【絵本】

「おかえりなさいはやぶさ : 2592日の宇宙航海記」　吉川真監修　講談社　2011年12月【絵本】

「月へ : アポロ11号のはるかなる旅」　ブライアン・フロッカ作・絵;日暮雅通訳　偕成社　2012年2月【絵本】

「コビット : 宇宙からやってきた、泣き虫なガキ大将」　ヤッチー作;ゆか 作;ヤッチー 絵　太陽出版　2013年3月【絵本】

「熟語博士の宇宙探険」　五味太郎 作　絵本館　2013年4月【絵本】

「もしも宇宙でくらしたら」　山本省三作　WAVE出版（知ることって、たのしい!2）　2013年6月【絵本】

「こくばんくまさんつきへいく」　マーサ・アレクサンダー さく;風木一人 やく　ほるぷ出版　2013年9月【絵本】

「ほしのかえりみち」　きたじまごうき作・絵　絵本塾出版　2014年4月【絵本】

「星のこども : カール・セーガン博士と宇宙のふしぎ―絵本地球ライブラリー」　ステファニー・ロス・シソン作;山崎直子訳　小峰書店　2014年8月【絵本】

「ようかいガマとの : おエドでうちゅうじん」　よしながこうたくさく　あかね書房　2014年11月【絵本】

「ミスターワッフル!」　デイヴィッド・ウィーズナー作　BL出版　2015年11月【絵本】

「宇宙からのことば」　毛利衛文;豊田充穂絵　学研プラス　2016年1月【絵本】

「地球にいる宇宙人たちへ」　ふじわらようこ文;たかぎみどり絵　文芸社　2016年4月【絵本】

「ちっちゃなトラックレッドくんとグリーンくん」　みやにしたつや作絵　ひさかたチャイルド　2016年5月【絵本】

「にゃんぼー!ほしからきたネコ―にゃんぼー!アニメえほん ; 1」　宮内健太郎文　岩崎書店　2016年5月【絵本】

「3、2、1、0しゅっぱつ! 第2版―スーパーワイドチャレンジえほん ; 2. おはなし・かずあそび ; 1」　山本和子作;中村景児絵;銀林浩監修　チャイルド本社　2016年6月【絵本】

「スター・ウォーズエピソード4/新たなる希望 = STAR WARS EPISODE4:A NEW HOPE」　ジョージ・ルーカス原作;ライダー・ウィンダム文;ブライアン・ルード絵;駒田文子構成・文　講談社　2016年6月【絵本】

「うちゅうをのぞいてみよう―めくりしかけえほん」　アナ・ミルボーンぶん;シモーナ・ディミトリえ;青木信子やく　大日本絵画　2016年11月【絵本】

「宇宙人っているの?」　長沼毅作;吉田尚令絵　金の星社　2016年12月【絵本】

「月をめざしてしゅっぱつ!―おひさまのほん」　山本省三作;本田隆行監修　小学館　2016

年12月【絵本】

「アームストロング：宙飛ぶネズミの大冒険」　トーベン・クールマン作;金原瑞人訳　ブロンズ新社　2017年4月【絵本】

「うちゅうひこうしになりたいな―ポプラせかいの絵本；59」　バイロン・バートンさく;ふじたちえやく　ポプラ社　2018年1月【絵本】

「スター・ウォーズ アルティメット・ポップアップ ギャラクシー・ガイド」　マシュー・ラインハート作;ケヴィン・M・ウィルソン絵;富永晶子訳　大日本絵画　2019年5月【絵本】

「スペースバグ：アニメ絵本」　トムス・エンタテインメント監修　河出書房新社　2019年6月【絵本】

「みらいのえんそく」　ジョン・ヘア作;椎名かおる文　あすなろ書房　2019年6月【絵本】

「ミライノイチニチ」　コマツシンヤ作　あかね書房　2019年10月【絵本】

「たんけんハンドルうちゅうせん」　やおいひでひとさく　偕成社　2020年6月【絵本】

「フォボスのほしめぐり―だいぼうけんにでかけよう」　ゲームフロウげんあん;ロメオ・エーニョおはなし;アルノー・ブトルイラスト;なかむらゆいほんやく;まるたこうじほんやく　Game Flow　2020年8月【絵本】

「ウアモウとおばけちゃんのふしぎなちから ＝ Uamou and boo's wonderful power」　高木綾子作・絵;宮野隆美術;根本峰希編　Yamavico Haus　2020年11月【絵本】

「世界のすごい動物伝記：おどろきに満ちた、歴史にのこる50の動物」　ベン・ラーウィル文;サラ・ウォルシュ絵;岡田好惠訳　講談社　2020年11月【絵本】

「ルナ君とロロ君カーニバルの夜の出来事 ＝ Luna and Lolo a happening on the night of the carnival」　トミー・オオヒラ作・絵;山田翻訳事務所翻訳監修　三恵社　2020年12月【絵本】

「うちゅうじんだぞおとうとうさぎ!」　ヨンナ・ビョルンシェーナ作;ヘレンハルメ美穂訳　クレヨンハウス　2021年8月【絵本】

「とびだす!うちゅう―しかけえほん」　カーヤ・プラバートえ;ジェニー・ヒルボーンかみこうさく;ローラ・コーワンぶん;みたかよこやく　大日本絵画　2021年11月【絵本】

「グリーンワールド 上」　ドゥーガル・ディクソン著;金原瑞人訳;大谷真弓訳　ダイヤモンド社　2010年1月【児童文学】

「「希望」という名の船にのって」　森下一仁著　ゴブリン書房　2010年7月【児童文学】

「SPACE BATTLESHIPヤマト」　水稀しま著　小学館（小学館ジュニアシネマ文庫）　2010年11月【児童文学】

「魔界屋リリー月界の天使(エンジェル)パワー」　高山栄子作;小笠原智史画　金の星社（フォア文庫）　2011年2月【児童文学】

「ハロウィーンのまじょティリーうちゅうへいく」　ドン・フリーマン作;なかがわちひろ訳　BL出版　2012年1月【児童文学】

「月界の天使(エンジェル)パワー 愛蔵版―魔界屋リリー；16」　高山栄子作;小笠原智史画　金の星社　2013年2月【児童文学】

「小惑星2162DSの謎―21世紀空想科学小説」　林讓治作;YOUCHAN絵　岩崎書店　2013年8月【児童文学】

「人という怪物 下―混沌の叫び ; 3」　パトリック・ネス著;金原瑞人訳;樋渡正人訳　東京創元社　2013年9月【児童文学】

「衛星軌道2万マイル―21世紀空想科学小説」　藤崎慎吾作;田川秀樹絵　岩崎書店　2013年10月【児童文学】

「夏葉と宇宙へ三週間―21世紀空想科学小説」　山本弘作;すまき俊悟絵　岩崎書店　2013年12月【児童文学】

「スター・ウォーズ反乱者たち 1 (反乱の口火)」　ミッシェル・コーギー文;菊池由美訳　KADOKAWA（角川つばさ文庫）　2015年2月【児童文学】

「スター・ウォーズエピソード1：ファントム・メナス」　ジョージ・ルーカス原作;パトリシア・C・リード著;上杉隼人訳;大島資生訳　講談社　2015年3月【児童文学】

「スター・ウォーズ反乱者たち 2 (帝国の日)」　ミッシェル・コーギー文;菊池由美訳　KADOKAWA（角川つばさ文庫）　2015年9月【児童文学】

「STAR WARSジャーニー・トゥ・フォースの覚醒おれたちの船って最高だぜ! : ハン・ソロとチューバッカの冒険」　グレッグ・ルーカ著;フィル・ノト絵;村吉知子訳　講談社（講談社KK文庫）　2015年12月【児童文学】

「スター・ウォーズエピソード4/新たなる希望 = STAR WARS EPISODE4:A NEW HOPE」　ジョージ・ルーカス原作;ライダー・ウィンダム文;ブライアン・ルード絵;駒田文子構成・文　講談社　2016年1月【児童文学】

「スター・ウォーズエピソード5/帝国の逆襲 = STAR WARS EPISODE5:THE EMPIRE STRIKES BACK」　ジョージ・ルーカス原作;ライダー・ウィンダム文;ブライアン・ルード絵;駒田文子構成・文　講談社　2016年1月【児童文学】

「なぞのじどうはんばいき―どっきん!がいっぱい ; 3」　さとうまきこ作;原ゆたか絵　あかね書房　2016年1月【児童文学】

「長靴をはいたUFO」　浜本裕著　文芸社　2016年2月【児童文学】

「スター・ウォーズエピソード4新たなる希望」　ジョージ・ルーカス原案;ライダー・ウィンダム文;ブライアン・ルード絵;橘高弓枝訳　偕成社　2016年12月【児童文学】

「スター・ウォーズエピソード5帝国の逆襲」　ジョージ・ルーカス原案;ライダー・ウィンダム文;ブライアン・ルード絵;橘高弓枝訳　偕成社　2016年12月【児童文学】

「ほしのこえ」　新海誠原作;大場惑文;ちーこ絵　KADOKAWA（角川つばさ文庫）　2017年5月【児童文学】

「スター・ウォーズフォースの覚醒」　J.J.エイブラムス原作;ローレンス・カスダン原作;マイケル・アーント原作;エリザベス・シェーファー文;ブライアン・ルード絵;伊藤菜摘子訳　偕成社　2017年11月【児童文学】

「スター・ウォーズ エピソード2」　ジョージ・ルーカス原案;エラ・パトリック文;ブライアン・ルード絵　偕成社　2017年12月【児童文学】

「スター・ウォーズ エピソード3」 ジョージ・ルーカス原案;エラ・パトリック文;ブライアン・ルード絵　偕成社　2017年12月【児童文学】

「天才発明家ニコ&キャット [2]」 南房秀久著;トリルイラスト　小学館（小学館ジュニア文庫）　2017年12月【児童文学】

「STAR WARSジャーニー・トゥ・最後のジェダイ ルーク・スカイウォーカーの都市伝説」 ケン・リュウ著;稲村広香訳　講談社（講談社KK文庫）　2018年1月【児童文学】

「小説ほしのこえ―新海誠ライブラリー」 新海誠原作;大場惑著　汐文社　2018年12月【児童文学】

「クッキとシルバーキング」 大塚静正著　創英社/三省堂書店　2019年1月【児童文学】

「怪盗ジョーカー [7]」 たかはしひでやす原作;福島直浩著;佐藤大監修;寺本幸代監修　小学館（小学館ジュニア文庫）　2019年4月【児童文学】

「SFショートストーリー傑作セレクション 宇宙篇」 日下三蔵編　汐文社　2020年5月【児童文学】

「宇宙の神秘 : 時を超える宇宙船―ホーキング博士のスペース・アドベンチャー ; 2-3」 ルーシー・ホーキング作;さくまゆみこ訳;佐藤勝彦監修　岩崎書店　2020年9月【児童文学】

船舶免許

船やボートを安全に運転するために必要な資格です。この免許を取るためには、船の運転の仕方や海でのルール、緊急時の対応方法を学び、試験に合格しなければなりません。船舶免許にはいくつか種類があり、操縦できる船の大きさや、

行ける場所（例えば、海か川かなど）によって分かれています。免許を持っている人は、他の船や人に迷惑をかけないように、責任を持って安全に船を運転する必要があります。

人工衛星

地球の周りを回りながら、さまざまな役割を果たす機械です。ロケットで宇宙に運ばれ、地球の周りを一定の軌道で回り続けます。人工衛星にはいくつか種類があり、例えば天気を観測する「気象衛星」や、地球の写真を撮る「地球観測衛星」、GPSで位置を教える「測位衛星」などがあります。また、

テレビ放送やインターネットを支える「通信衛星」もあります。人工衛星のおかげで、私たちは天気や地図、通信など、たくさんの便利な情報を地球にいながら得ることができます。

▶ お仕事について詳しく知るには

「イカロス君の大航海：絵本」　澤田弘崇監修・文;みみみみドイツ;ゆうきよしなりイラスト;宇宙航空研究開発機構月・惑星探査プログラムグループ宇宙教育センター広報部編　日経印刷　2010年12月【学習支援本】

「宇宙環境動物のしごと：人気の職業早わかり!」　PHP研究所編　PHP研究所　2010年12月【学習支援本】

「お天気クイズ 4 (異常気象と地球環境)」　木原実監修　フレーベル館　2011年2月【学習支援本】

「自然の不思議を解き明かそう」　柴田正和著　応用数理解析　2011年6月【学習支援本】

「宇宙ヨットで太陽系を旅しよう：世界初!イカロスの挑戦」　森治著　岩波書店（岩波ジュニア新書）　2011年10月【学習支援本】

「宇宙開発―天文・宇宙の科学」　山田陽志郎著　大日本図書　2012年3月【学習支援本】

「気象予報士わぴちゃんのお天気観察図鑑 雲と空 図書館版」　岩槻秀明著　いかだ社　2012年4月【学習支援本】

「気象予報士わぴちゃんのお天気観察図鑑 雲と空」　岩槻秀明著　いかだ社　2012年4月【学習支援本】

「こども大図鑑宇宙」　キャロル・ストット著;ジャクリーン・ミットン監修;梶山あゆみ訳;ネイチャー・プロ編集室日本語版編集　河出書房新社　2012年5月【学習支援本】

「宇宙おもしろ実験図鑑：おどろきの連続! : ひとり野球から紙飛行機まで」　PHP研究所編

PHP研究所　2012年5月【学習支援本】

「宇宙就職案内」　林公代著　筑摩書房（ちくまプリマー新書）　2012年5月【学習支援本】

「たいようさん、まいど! = Maido,Mr.Sun! : The Story of a Satellite Called Maido 1」　オカダケイコ文と絵;東大阪宇宙開発協同組合監修　まいどスペース　2012年7月【学習支援本】

「なぜ?どうして?宇宙と地球ふしぎの話 : 親子で楽しめる!」　的川泰宣監修　池田書店　2013年7月【学習支援本】

「小さな虫から大宇宙まで!いろんなものの一生がわかる本—まなぶっく ; A-64」　カルチャーランド著　メイツ出版　2013年7月【学習支援本】

「町工場の底力 1 (宇宙開発をささえる)」　こどもくらぶ編さん　かもがわ出版　2013年9月【学習支援本】

「世界にほこる日本の先端科学技術 2 (災害予知はどこまで可能?)」　法政大学自然科学センター監修;こどもくらぶ編　岩崎書店　2014年3月【学習支援本】

「世界にほこる日本の町工場 : メイド・イン・ジャパン 5 (宇宙とIT技術をささえる町工場)」　日本の町工場シリーズ編集委員会著　文溪堂　2014年3月【学習支援本】

「新しい宇宙のひみつQ&A」　的川泰宣著　朝日新聞出版　2014年7月【学習支援本】

「トムとジェリーの宇宙たんけんあそびブック—だいすき!トム&ジェリーわかったシリーズ」　もりのくりたろう作画　河出書房新社　2014年11月【学習支援本】

「なぜ?の図鑑宇宙」　縣秀彦監修　学研プラス　2016年10月【学習支援本】

「30秒でわかる発明 : 世界の子どもの?に答える」　マイク・ゴールドスミス著;加藤洋子訳　三省堂　2017年1月【学習支援本】

「超巨大ブラックホールに迫る : 「はるか」が創った3万kmの瞳」　平林久作　新日本出版社　2017年2月【学習支援本】

「日本のインフラ : 県別データでよくわかる 4」　伊藤毅監修　ほるぷ出版　2017年3月【学習支援本】

「ドラえもん社会ワールド地図のひみつ—ビッグ・コロタン ; 153」　藤子・F・不二雄まんが;藤子プロ監修;井田仁康監修;小学館ドラえもんルーム編　小学館　2017年4月【学習支援本】

「宇宙の不思議 : 太陽系惑星から銀河・宇宙人まで—ジュニア学習ブックレット」　縣秀彦監修　PHP研究所　2017年5月【学習支援本】

「ネコ博士が語る宇宙のふしぎ」　ドミニク・ウォーリマン文;ベン・ニューマン絵;日暮雅通訳;山崎直子日本語版監修　徳間書店　2017年9月【学習支援本】

「大追跡!宇宙と生命の謎 : 地球外生命はいるのか!?—講談社のマンガ図鑑MOVE COMICS NEXT」　白井三二朗漫画;田村元秀監修　講談社　2017年11月【学習支援本】

「宇宙探検大百科」　縣秀彦監修　学研プラス　2018年6月【学習支援本】

「こども実験教室宇宙を飛ぶスゴイ技術! : 理系アタマを育てる : 「はやぶさ2」「イカロス」に強くなる!!」　川口淳一郎著　ビジネス社　2018年8月【学習支援本】

「科学がひらくスマート農業・漁業 1」 小泉光久著;大谷隆二監修;寺坂安里絵 大月書店 2018年9月【学習支援本】

「宇宙・天文で働く」 本田隆行著 ぺりかん社（なるにはBOOKS） 2018年10月【学習支援本】

「おもしろくて、役に立たない!?へんてこりんな宇宙図鑑」 岩谷圭介文;柏原昇店絵 キノブックス 2018年11月【学習支援本】

「科学がひらくスマート農業・漁業 4」 小泉光久著;寺坂安里絵 大月書店 2019年4月【学習支援本】

「元JAXA研究員も驚いた!ヤバい「宇宙図鑑」」 谷岡憲隆著 青春出版社 2019年5月【学習支援本】

「みんなが知りたい!ものの一生がわかる本 : はじまりから終わりまでをまるごと図解―まなぶっく」 こどもラーニング編集室著 メイツ出版 2019年7月【学習支援本】

「小学生のための学習世界地図帳 : いちばんわかりやすい : 地図で、写真で楽しく学べる!もっと世界を知りたくなる! [2019]」 正井泰夫監修 成美堂出版 2019年10月【学習支援本】

「宇宙のがっこう」 JAXA宇宙教育センター監修;NHK出版編 NHK出版 2020年7月【学習支援本】

「宇宙・天体ペーパークラフト : 見て知って作って楽しむ! : すぐに作れる6作品のキットつき」 渡部潤一監修;グループ・コロンブス作 あかね書房 2020年8月【学習支援本】

「わくわく小惑星ずかん」 吉川真監修 恒星社厚生閣 2020年10月【学習支援本】

「地球・宇宙探検」 吉川真監修 学研プラス（学研の図鑑LIVEスペシャル） 2020年12月【学習支援本】

「宇宙ロケット図鑑 : ロケットや探査機が大集合!」 吉川真監修 成美堂出版 2021年3月【学習支援本】

お仕事さくいん
宇宙や乗りものに
かかわるお仕事

2024年11月30日　第1刷発行

発行者	道家佳織
編集・発行	株式会社DBジャパン
	〒151-0073　東京都渋谷区笹塚1-52-6
	千葉ビル1001
電話	03-6304-2431
ファクス	03-6369-3686
e-mail	books@db-japan.co.jp
装丁	DBジャパン
電算漢字処理	DBジャパン
印刷・製本	大日本法令印刷株式会社

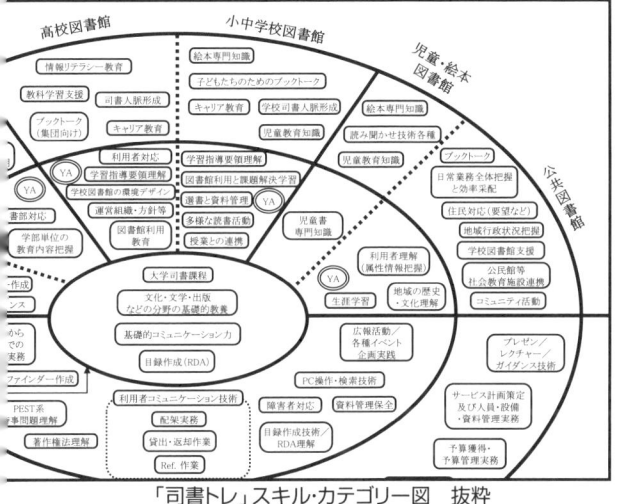